STAMP BOOKS

わたしはイザベル

エイミー・ウィッティング 作
井上 里 訳

岩波書店

I FOR ISOBEL

by Amy Witting

First published 1989 by Penguin Books Australia, Ringwood,
this edition published 2014 by The Text Publishing Company Australia, Melbourne.
This Japanese edition published 2016
by Iwanami Shoten, Publishers, Tokyo
by arrangement with The Text Publishing Company, Melbourne
through Japan UNI Agency, Inc., Tokyo.

目次

カバー画　杉山　巧

わたしはイザベル

誕生日プレゼント

イザベル・キャラハンが九歳になる誕生日の一週間前、母親は、たいしてすまなそうでもない口ぶりでいった。「今度のお誕生日は、プレゼントはありませんよ！　今年はお財布が厳しいんだから」

毎年この時期になると、母親はおなじことをいう。毎年、イザベルは信じないことにする。そして自分に言いきかせる。あんなふうにいってるけど、プレゼントをくれたときに、わたしがもっとおどろくように嘘をついてるんだ。だが、これまでのことを考えれば、今年もきっとプレゼントはない。

キャラハン一家は、フェリーからおりた。きしむ木の埠頭《ふとう》を歩いて、テリー夫人の湖畔《こはん》のペンションに向かう。毎年、イザベルの家族は夏の休暇をここで過ごす。葦《あし》の茂る湖の平らな岸辺も、コテージの庭で足場のように枝葉をのばす立派なゴムの木も、雑草の生えたテニスコートも、籐《とう》の椅子も、くたびれて色あせたクッションも、なにもかもが、失望に終わった誕生日の記憶をよみがえらせる。だがイザベルは、過去は信じない主義だ。くる日もくる日も湖に目をこらして、秘密の買い物に出かける船が見えないか探した。村にある郵便局をかねた小さな雑貨店では、たいしたものは買えない。買い物用の船が見あたらないと、イザベルはこう考えることにした。お母さんたち、きっと家から内緒でプレゼントを持ってきたんだ。プレゼントの気配のないまま朝を迎えても、完全には望みを捨てなかった。引き出しの中を探し、ドアのうしろを探し、ベッドの下を探した。誕生日プレゼントは隠されているものだという振りをした。イースターの卵が草の中に隠されているように。

母親も誕生日プレゼントのことはしっかり覚えていて、折りにふれて口にした。「一月はクリスマスが終わったばかりでしょう。誕生日プレゼントまであげられないのよ」こんなふうにもいった。「よそで誕生日のお祝いをするなんて、品がないわ」

母親は、誕生日プレゼントを用意できない理由を挙げるたびに、奇妙におだやかな顔になる。するとイザベルは、少しのあいだではあっても、ほんとうにプレゼントはもらえないらしい、と納得するしかなかった。

今年は絶対に覚えておこうと決めたことがある。今年こそは、姉のマーガレットの誕生日の一週間前になったら、忘れずにこういう。母親の声色《こわいろ》を真似《まね》ていってみせる。「今年は、誕生日プレゼントはありませんよ！」そして、みんながどんな顔をするか見てやるのだ。だがイザベルは、その台詞《せりふ》を険《けわ》しい声で練習してみながら、自分はきっと忘れてしまうだろうと思った。まだカレンダーが読めないからだ。休暇がはじまると、そのたびに不意を突かれるし、季節と月の名前も一致しない。クリスマスだけは、前もってわかる。お店で、飾り付けやサンタクロースを見かけるからだ。クリスマスなら、イザベルもプレゼントをもらえる。仲間はずれにされずにすむ。プレゼント付きの――包み紙にくるまれたほんものの誕生日プレゼント付きの――マーガレットの誕生日は、イザベルにとっては暗黒の日だ。だが、その日はいつも、思いがけないときに訪れる。イザベルの誕生日のように、前もって話に出されることはない。

今年、誕生日の前日になると、母親はうむをいわせない口調でいった。「いい、イザベル。明日になっても、今日が自分の誕生日だなんて言いふらさないでちょうだい。去年は恥ずかしくて死にそうだったんだから。物乞《ものご》いみたいに走りまわって、今日は自分の誕生日なんだってふれてまわって。あんな真似は許しませんからね」

去年、イザベルが家族に恥をかかせたのはほんとうだ。舞い上がって我慢できなくなったイザベルは、庭にとびだし、デッキチェアのあいだを駆けまわりながら叫んだ。「今日はわたしの誕生日なの！　今日はわたしの誕生日なの！」やせて顔がしわくちゃのドーブニーさんが、大声で返した。「そら、プレゼントだ！」次の瞬間、一シリング硬貨が、くるくるまわりながら宙を飛んできた。イザベルはスカートを広げて硬貨を受けとめた。はにかむ間《ま》もなく、別のだれかの声がきこえた。「ほら、取ってごらん！」「こっちもだ！」「ほらほら、イザベル！」イザベルは、スカートをバスケット代わりにして、次々に降ってくるコインを受けとめた。くるくるまわりながら、声をあげて笑った。大人たちもみんな笑っていた。イザベルは大きな声でお礼をいった。「どうもありがとう！」それから、宝物を落とさないようにしながら家に駆けこんだ。

母親は、寝室の細長い窓からその光景を眺めていた。イザベルがもどってくると、腕を力まかせにつかみ、鋭い声でなじった。「スカートをおろしなさい！　はやく！」硬貨を取りあげると、手の中のそれをにらんでうめいた。「物乞いをするなんて。物乞いなんて。なんて恥さらしなの」父親がくると、母親は硬貨を指していった。「この子、物乞いしたのよ。みんなに、今日はわたしのお誕生日だっていってまわったの。ああ、どうすればいいの？　返してもいいかしら」

イザベルはベッドに座らされ、外に出てはいけないと言いつけられた。また家族に恥をかかせるかもしれない。おとなしくしているしかなかった。母親は、お仕置きをするのも忘れるほど取り乱していた。

「だれにもらったか覚えてるの？」

イザベルは首を横に振った。

父親は疲れた声でいった。「もう騒がないほうがいい。イザベル、お金をねだったりしちゃいけないよ」

去年の誕生日は最悪の一日だった。なにより悲しかったのは、みんなの笑い声をききながら落ちてくる硬貨を受けとめていたすばらしいひと時を、恥ずべき記憶に変えられてしまったことだ。イザベルはあの日のことを思い返しながら、あのお金はどこに行ったのだろう、と考えた。だが、それはあまり重要ではない。あのお金は、宙を舞っていたときは、ほんものの宝物だった――それから、ただの恥さらしの種になった。

去年のことは忘れていたが、母親の言いつけは理解できた。自分は、だれにも、たったひとりにも、今日が誕生日だと話してはいけないのだ。生まれつき内気《うちき》で心配性だったイザベルには、確実にわかっていることがあった。言いつけどおりにしたほうが、絶対に面倒なことにならない。それでも、言いつけを守れる自信はない。壁のひびの中を歩け、といわれるようなものだ――できるわけがない。プレゼントがもらえないことはわかっていた。明日の朝になっても、プレゼントを探すことはしない。イザベルはそうやって一歩ずつ、ぼんやりと思いえがく理想の自分に近づこうとしていた。どういう人間になりたいのかは、自分でもうまく説明できない――だが、理想のイザベルは、自分のまわりに巡らせた壁に守られている。

だれにも、決して、「今日はわたしの誕生日なの！」といってはいけないことはわかった。それでも、木に話すのは許されるかもしれない。枝のすきまに顔をうずめて、「今日はわたしの誕生日なの」とささやく自分の姿を想像してみる。喉が苦しくなって、ぞくぞくするような軽い痛みが走った。古い童話集で「マッチ売りの少女」を読んだときのようだった。あの本は、アンおばさんの家にあった。

急に本を読みたい気分になって、談話室に行った。ここには本棚がいくつもあって、宿泊客用の本がたくさん並んでいる。子ども向けの棚もあった。子ども用の本はずっと前に全部読んでしまった。ひととおり眺めても、新しい本も、読み返したい本もない。別の棚を見わたして、『シャーロック・ホームズの冒険』という本を選んだ。冒険物語なら退屈なはずがない。出だしはこうだった。「シャーロック・ホームズにとって、彼女はいつも女だった」イザベルはがっかりした――冒険物語のはじまりだとは思えない。そこで、次の章を読むことにした。「花婿失踪事件《はなむこしっそう》」という話だ。

『「いいかい」と、シャーロック・ホームズはいった。わたしたちは、ベイカー街にあるホームズの下宿先で、向かい合って座っていた。「人生とは、人間が思いつくどんなものよりはるかに奇妙なんだ。僕たちは、ごくありふれた物事には目もくれようとしない。仮に、ふたりで手をつないでその窓から飛び立つことができたなら、そして、この大きな街を上から眺めわたし、屋根をこっそりはずして家の中をのぞくことができたなら、そこでは実に不思議なことが起こっているんだ……」』

誕生日も、不公平だという気持ちも、両親も、頭からきれいに消えた。イザベルは床に座りこんで、『シャーロック・ホームズの冒険』を一心に読んだ。しばらくして、はっとした。食堂から、茶碗や受け皿が触れ合う音がきこえてくる。おとなたちが午後のお茶のしたくをしている音だ。イザベルは子ども用の寝室に行った。マーガレットと一緒に使っている部屋だ。となりには両親の寝室がある。部屋は暑かったが、おもての涼しい木陰に行けば、キャロラインとジョアンヌのマンセル姉妹が遊びに誘ってくるかもしれないし、マーガレットが泳ぎに連れていこうとするかもしれない。それに、ベイカー街は暑くない。

ちょうどいい時に、誕生日を過ごす場所を見つけることができた。プレゼントなんか気にしなくていい。人生には心を奪われる驚きがたくさんあって、だれでもただでもらえるのだ。

イザベルは身じろぎもしないで読みふけった。とうとう、マーガレットが部屋にきた。「母さんが、ディナーの前に手を洗ってきなさい、だって」

家では夕食というのに、ここではディナーという。母親は〝ディナー〟という言葉を使うとき、ことさら取り澄ました口調になる。マーガレットがその声色を真似るのをきいて、イザベルはかっとなった。夕食でしょ！　と言い返したくなったが、ふと考えを変えた。「今夜は部屋の明かりをつけててもいい？」

「ベッドで本を読むと怒られるわよ」

「いいでしょ、いじわる。お休みのときは別なんだから。家にいるときはベッドで本を読んじゃいけないけど」

「じゃあ、母さんたちにきいてみれば」

イザベルは、枕の下に本を隠した。

「まったく」マーガレットはおとなの真似をしていってみせ、おとなの真似をして満足そうに態度を和《やわ》らげた。「はいはい、わかったわよ。母さんたちが寝室にくるまでよ。ドアの下から明かりがもれるから。いいから、手を洗ってきて。わたしが怒られるじゃない」

イザベルは、明かりのことで折れてくれたマーガレットのために、おとなしく手を洗いに行った。

誕生日を完全に忘れたわけではなかった。ホームズとワトソンがそばにいても、気持ちはどこか晴れない。夕食のあいだも考えつづけていた。朝目を覚ましたとき、包み紙にくるまれた大きな箱がベッドのそばにあったら、どんなにすばらしいだろう。大きなリボンが結んであって、カードがついているのだ。カードにはこう書かれている。『お誕生日おめでとう、イザベル』箱を持ち上げようとしても、すごく重い。そこで、包み紙をやぶって、箱を開けてみる。中には『アーサー・コナン・ドイル全集』や、数えきれないほどたくさんの本が入っている。考えるだけですてきだ。イザベルはそこではっとわれに返って、さっきより沈んだ気分になった。

夕食がすむと、マーガレットやマンセルの姉妹といっしょにトランプをしなくてはいけなかった。そのあいだも、ホームズとワトソンのことが頭をはなれなかった。ベッドに行って続きを読みたくてたまらない。ようやく眠る時間がくると、胸が高鳴った。マーガレットがすぐに眠ってくれたので、ドアのすきまに服を押しこんで、本の続きを読んだ。うっかり眠りそうになるまで読みつづけ、ぎりぎりまで我慢して、危ないところでどうにか電気を消した。

目が覚めたのは、まだ早い時間だった。イザベルは、胸をどきどきさせながら、急いで自分を叱りつけた。「見ちゃだめ。見ても仕方ないんだから」そのとき、木に秘密を打ち明けに行こうと決めたことを思い出した。みんなが起きてしまう前にすませたほうがいい。手早く昨日の服を着て外に出ると、ゴムの木まで走っていった。ところが、たどり着く前に、枝からだれかの足がぶらぶらしているのが見えた。キャロラインが下のほうの枝に腰かけて、イザベルを見おろしている。

「早起きね」

そっちこそ、と返そうとしたとき、もっといい返事が頭に浮かんだ。「秘密を教えてあげようか？だれにもいっちゃだめよ」

キャロラインの目が好奇心にかがやく。「約束する。なに？」

「今日はわたしの誕生日なの」

「そんなの秘密じゃない」キャロラインは、がっかりしたような、怒ったような顔になった。「誕生日は秘密なんかじゃない。絶対ちがう」

「ううん、わたしの誕生日は秘密なの。それに、どうして誕生日が秘密じゃないってわかるの？たくさんの人が誕生日を秘密にしてて、わたしたちが知らないだけかもしれない。だって秘密なんだから」

「わけわかんない」キャロラインは、口をきゅっと結んで、きっぱりと首を振った。金髪の太いおさげが大きく揺れる。

「秘密の結婚はあるでしょ。それは知ってるの。本を読むと、しょっちゅう内緒で結婚してるから。それに、もしキャロラインが望まれずに生まれてきた赤ちゃんだったら、内緒でほかの人にあずけられて、ほんとうの誕生日はだれにもわからない。ほら、これは秘密の誕生日でしょ？　モーセはどう？　モーセの誕生日を知ってる人なんていないでしょ」

キャロラインは、モーセの話には乗ってこなかった。本のことはイザベルより知らない。だが、世の中のことならイザベルより知っている。キャロラインは、重々しい声でいった。「完全な秘密なんてないのよ」枝からとびおりると、続けていった。「ジョアンヌが起きてるか見てくる。じゃあね」

キャロラインは、芝生をのんびり歩いていった。途中で顔だけイザベルのほうに向けて、不用意にも大きな声で叫んだ。「お誕生日おめでとう！」

イザベルは、やっぱり木にいえばよかった、と後悔した。

本を取りにペンションにもどる途中、お祝いをする別の方法を思いついた――少しひねくれた、自分だけのお祝いだ。朝食の時間がくるまで、両親から隠れているのだ。もしふたりにイザベルの誕生日を祝う気があるのなら、みんなの前でおめでとうをいうことになる。忘れたふりをしたいのなら、そうすればいい。そのほうがずっとましだ。拗《す》ねていないかと表情をうかがわれるのは大嫌いだ。イザベルが拗ねていると、両親はそれを笑いの種にする。「自分の誕生日なのに、なんて顔してるの！」「誕生日にふくれてるなら、一年中ふくれてるんだろう！」ふたりとも、イザベルがプレゼントをもらえないから落ちこんでいることは、ちゃんと承知している。

父親も母親も、娘の誕生日にひと言もふれないような恥知らずなことはできない。うまくいけば、少しは胸のつかえが取れるかもしれない。

マーガレットはぐっすり眠っていた。イザベルは本を持って、忍び足で部屋を出た。めずらしく機転をきかせて顔と手を洗い、髪もとかしておいた。これで身だしなみを理由に叱られる心配はない。それから、自分だけの隠れ家に行った。裏のテラスの大きな古い椅子だ。この椅子は座るためのものではない。壁に向かって置かれていて、とびだした詰め物で足がちくちくするし、脚が一本壊れているので傾いている。だが、椅子の上で小さく体を丸めれば、ほかの人に見つかる心配はない。

イザベルは本を読みつづけ、朝食を知らせるベルの音がきこえると、少し様子をうかがってから、そっとキッチンに行った。ここには入ってはいけないことになっているが、給仕係のテリー夫人とイレーヌは、忙しくてイザベルに気づいていない。

マンセル一家は、両親も、キャロラインもジョアンヌもテーブルについていた。すぐに、ミス・ハルウッドとお母さんのハルウッド夫人が入ってくる。安全な場所で落ちつき払ってシリアルを食べていると、両親が食堂に入ってきた。

「あら、ここにいたの！」母親は、冷静な声でおだやかにいった。「いったいどこに行ってたの？」

「べつに、お外」

おじいさんのウェルチさんが入ってきて、横からいった。「熱心に読書をしてたみたいだよ。キャラハン夫人、お宅のお嬢さんはたいした本の虫だね」

危険な話題がはじまった。

「イザベル、なにを読んでるの？」先生をしているミス・ハルウッドがたずねた。

嘘でしょ――ほんとに危険。

「『シャーロック・ホームズの冒険』です」

「まあ」ミス・ハルウッドは声をあげた。「小さいのにむずかしい本を読めるのね」

母親は、信心深そうな声色でいった。「親にきかないでおとなの本を読んじゃいけないっていったでしょう」

「あら、キャラハンさん」ミス・ハルウッドがいった。「子どもがシャーロック・ホームズを読んだって、害なんてありませんよ」

「妙なSFなんかより、よっぽど道徳の勉強になる」ウェルチさんもいった。

「それに」ミス・ハルウッドは言葉を重ねた。「子どもが能力を上げているときに口を出すなんて、もったいないわ。ほんとに、わたしの生徒たちもそれくらい本を読んでくれるといいんですけど」

「イザベル、お姉ちゃんは、かわいそうにあなたを探しに外へ行ったのよ」母親がいった。「呼んでいらっしゃい」

イザベルが席を立ったとき、ちょうどマーガレットが食堂に入ってきた。「やっぱりここにいた」

マーガレットは、それだけいって自分の席についた。

「イザベル、本に書いてある言葉がみんなわかるの？」ミス・ハルウッドがたずねた。

「わからない言葉は意味を想像するんです」ほめられたことに舞い上がって、思っていたより誇らしげな声が出てしまった。

「勉強法としては悪くないけど、時どき辞書を引くのもいいわ。あまりこだわるのもよくないけど。本に飽きてしまったら残念だもの」

「本に飽きるなんて絶対ないと思います」

「じゃあ、運がいいのね。わたしもおなじよ。あなたくらいの年頃にもどりたいわ。これから、すばらしい本をいくらでも読めるんですもの」

「お嬢さんはおいくつ？」ハルウッド夫人が母親にたずねた。

母親は追いつめられていた。イザベルは、母親が顔を赤らめたのに気づいて、行儀よく目をそらした。マーガレットは、とまどったように母親を見ている。父親はなにも気づかずに食事を続けていた。

母親は静かな声でいった。「九歳です」

「その年にしては賢いお子さんね」ミス・ハルウッドがいった。

イザベルは、ふたつの世界で生きている。ミス・ハルウッドの世界――居心地がよく、安定していて、なにが起こるか予測がつく――で行儀よく振舞いながら、もうひとつの世界では、ばつが悪そうな母親を見て大きな喜びを感じている。喜びは大きかったが、それはお菓子をむさぼる快感に似ていた――そのうち、きっと気分が悪くなる。ふたつの世界とは別に、シャーロック・ホームズの世界もあった。ほかのふたつの世界より、ずっといい。「もう行っていい？」イザベルはいって、古い椅子のもとに急いだ。座面の下に隠していた本を引っぱりだすと、ベイカー街にもどっていった。

おしまいまで読むと、ラウンジに行って本をもどし、となりに並んでいた『シャーロック・ホームズの思い出』を手に取った。椅子にもどる途中で、母親に出くわした。

「イザベル、探してたのよ。雑貨店に行って、メモ帳を買ってきてちょうだい」母親は二シリングを差し出して、にっこりほほえんだ。「お釣りは取っておきなさい。今日はお誕生日ですもの」

母親はうまく切り抜けた。だが、無傷というわけではない。イザベルは硬貨を受けとって、雑貨店に向かった。お金が少ししかないことはわかっていたが、お釣りで誕生日プレゼントらしいものを買えるかもしれない。

店に着くと、一番小さいメモ帳をくださいと頼んで、カウンターにお金を置いた。

「一シリングと十一ペニー半〔一シリングは十二ペニー。オーストラリアでは一九六六年まで使用された〕」店主がいった。イザベルのがっかりした顔を見ると、続けていった。「大丈夫だよ、お嬢ちゃん。お金は足りる。ほら、お釣りだってある」

渡された薄汚い茶色の硬貨が、あざけりのように見えた。イザベルはお釣りとメモ帳を取って、店をとびだした。

自分の身を守るなんて無理。どんなにがんばっても無理。危険はどこにでもあるんだから。硬貨を湖に放ってしまいたかったが、感情をあらわにすることは許されない。「聖母マリアさま、我慢させてください。泣きたくないんです。聖母マリアさま、神さまと幼子《おさなご》イエスさまの御母《みはは》、泣きたくないんです。力をかしてください、聖母マリアさま、幼子イエスさま……」泣いてしまえば、きっと止められなくなる。「絶対泣かない、泣かない。助けてください、聖母マリアさま」

お祈りはやがて、心の中にろうそくの火を灯《とも》すように、小さな安らぎを与えてくれた。イザベルは落ちついてきた。泣きそうな気分はおさまった。

ペンションにもどると、両親の寝室にはだれもいなかった。マリアさまが、すぐには母親に会わずにすむよう計らってくれたのかもしれない。特別に目をかけてもらったような気がして、気持ちがおだやかになる。小さな声で「マリアさま、感謝します」というと、メモ帳を置いて、本を取りに行った。いやらしい半ペニー硬貨を見ると、これでなにか邪悪で恐ろしいことをしてやりたいという気分になってくる。だが、こんなときに役に立つような呪文を知らない。

イザベルは、引き出しのひとつに半ペニーを放りこんだ。お釣りをどうしたのかときかれたら、雑貨店のカウンターの募金箱に入れたと答えればいい。

子ども部屋に行って、ベッドに本を置く。マーガレットはいなかった。お使いに出ているうちに、昼食のベルが鳴ったにちがいない。食堂に急ぐと、思ったとおり、全員がテーブルについていた。自分の席だけが空いている。

椅子の前のテーブルに、小さな包みがあった。ピンクの薄紙《うすがみ》にくるまれて、金色のひもがかけてある。イザベルは、包みから目を離さないようにして、用心深く席についた。

マンセルさんが、しびれを切らしたように口を開いた。「イザベル、包みを開けてみないのかい」

思わずかすれた大声が出た。「これ、わたしの？」

母親が腹立たしげに大きく息をのむ。イザベルは、どうして怒っているのだろうと内心首をひねった。だが、包みからは目を離さなかった。

「そうだよ」マンセルさんは、ひと言ずつゆっくり発音するような、変わった話し方で答えた。先生が書き取りをさせるときみたいな話し方だ。「きみへのプレゼントだ。誕生日だからね」

イザベルは、震える指で包みを解いて、小さな箱を開けた。中に、厚紙が一枚入っている。一番上には〝気品あふれる〟、一番下には〝ジュエリー〟という文字があった。紙には、金色のバスケット形のブローチが留められていた。古めかしい形のバスケットで、ふちが広く、編んでねじった持ち手がついている。バスケットの中には、色を付けた花が入っていた。端《はし》に緑の点がある小さな白いツリガネソウが三輪、ラッパズイセンが二輪、ピンクのバラが一輪、花びらがぎざぎざの青い花が一輪。きれいなブローチだった。ほんものの女の子のためのプレゼントだ。

とても奇妙な気分だった。誕生日がくるたびに期待して、とうとう望みを捨てたあとに、期待していたプレゼントが目の前に現れた。想像していたどんなプレゼントよりすばらしかった。イザベルは、箱からブローチを取り出してふたにのせ、本を読むようにじっとブローチを見つめた。ブローチから目を離さずに、昼食を食べた。

母親は落ちつきを取りもどし、よそゆきの声でいった。「どうもご親切に！」

「たいしたものじゃありませんよ」マンセルさんがいった。

「かえって申し訳ないみたいだわ」母親は、外国語の用例集でたまたま拾ってきたような言葉を、丁寧な声でいった。「この子ったら、すっかり甘やかされてしまって」

空気がかすかに動いたような気がした。ため息が風になって、おとなの顔くらいの高さを吹き抜けたような感じだ。イザベルが顔をあげると、おとなたちがそろって、なじるような目で母親を見ていた。ひとり、別のほうを見ているおとながいる。マンセルさんだ。自分に向けられた明るくおだやかなまなざしを見て、イザベルは戸惑った。青白い顔の父親は、淡々と食べものを切り分け、嚙《か》み、飲みこんでいる。このときばかりは、母親の顔のほうが青白かった。ほとんど色を失った顔の上で、髪の赤茶色と目の緑色がひときわ目立っている。母親は目の前の皿にじっと視線を落としたまま、松葉杖をつくような慎重さで、ナイフとフォークをゆっくりと動かした。イザベルには、母親の気持ちが痛いほどわかった。最後まで選ばれない者の気持ちも、ゲームから仲間はずれにされる者の気持ちも、よく知っている。それに、母親の言葉のなにがいけなかったのだろう。おとながよく使う文句を使ったようにしかきこえなかった。

ブローチを見ていると、母親への同情は忘れてしまった。昼食を食べ終えてしまうと、ブローチを箱にしまって包み直し、しっかりつかんで、早口で「もう行っていい？」とことわってから、自分の部屋に走った。ベッドに腰かけて本を読みながら、時どきブローチを手に取ってみた。そのたびに、慎重に包みを開け、もう一度包み直す。

母親が足早に近づいてくる不吉な足音がきこえた。イザベルは蒼白《そうはく》になって、箱を枕の下に押しこんだ。いまになって思い出した――いうなといわれていたことを、いってしまった。キャロラインに秘密を話してしまった。きっとキャロラインは、父親のマンセルさんに話したにちがいない。罰を受けるときだ。母親は、こわばった顔でつかつかと歩いてくると、燃えるような目でイザベルをにらみながら、お仕置きをはじめた。「泣いたら承知しないわよ。この恩知らずのばか娘。泣く権利なんかありませんからね。薄汚いちび、恩知らずの薄汚いちび。お礼もいえないなんて。ありがとうのひと言もいえないなんて」そのあいだも、叩く手は止めない。「口を開くんじゃないわよ。泣いたら許しませんからね」

泣いて騒ぐ必要はなかった。激しいのは言葉だけだ。イザベルを叩く母親の手は弱々しく、空気でできた檻《おり》を開けようとしているかのようだった。やがて母親は、姿勢を正して息を整えた。「マンセルさんは、湖を渡ってあのブローチを買ってきてくれたのよ。なのに、あんたはお礼のひとつもいえなかった。どこに連れていってもろくなことをしないわね。どこに行っても、わたしたちに恥をかかせる。ほんものの役立たずよ。あんたには、なにをいっても意味がない。ばかみたいにぽかんとしてるだけ」母親は、打ちひしがれたように頭を抱えて、部屋を出ていった。

イザベルは、枕の下の箱に手を伸ばして、ブローチを取り出した。ひりひりする足をさすりながら、ブローチを眺める。なぜ、母親はこれを取りあげていかなかったのだろう。取りあげるくらい簡単なことだ。いついわれるかと恐れていた言葉を正確に予想することさえできる。「こっちによこしなさい。あんたにはもったいないわ。ほら早く」どうしてそうしなかったのだろう。そうできない理由があったのだろうか。

いくら考えても、答えはわかりそうになかった。イザベルは考えるのをよして、ブローチを手に取ると、ワンピースの襟《えり》に注意深く留めた。これで、わたしのものだ。窓のそばに行き、ガラスに映ったブローチをほれぼれと眺める。どんな方法を使ってでも、このブローチは一生身につけておく。

にせの偶像と火の玉

イザベルは、誓って火の玉を見たことがある。ずっと前、まだ小さかったときのことだ。学校から帰る途中、滝のような雨が降りはじめた。家に着いてみると玄関には鍵がかかっていて、中にはだれもいなかった。くるぶしまで雨水に浸《つ》かって庭に立っていたそのとき、空にひびが入ったかと思うと、ピンク色の火の玉が勢いよく視界を横切っていき、あたりの水がバラ色に染まった。ほんとうに見た、と誓うこともできる。だが、〝火の玉〟はすぐに嘘を意味する言葉になり、バラ色の水は、嘲笑《ちょうしょう》にまみれて永遠に呪われてしまった。はしゃいだ気持ちを押し隠せるようになるまでは、時どき、「すごいもの見つけた！」と叫びながら家に駆けこむことがあった。すると母親はきまって「また火の玉？」と返し、薄ら笑いを浮かべて、部屋にいるだれかをちらりと見る。おきまりの冗談だ。

からかう気分ではないとき、母親の返事はそっけなかった。「勘違いよ」また別のときには、イザベルの話を最後まできいてから、質問をはじめた。「どこで見たの？　いつ見たの？　それでどうなったの？　さっきといってることがちがうじゃない……」最後にはかならずこういった。「わかってないのよ。あなたは、自分が事実をいっているのかどうかわかっていないの」そして、あきらめたようなため息をついた。

イザベルがうそつきだというのは本当だ。「おつかいのお金でチョコレートを買ったの？」ときかれれば、たとえほんとうにチョコレートを買ってしまったのだとしても、ちがうという返事が口をついて出る。すると母親は、さげすむような顔で姉のマーガレットに目くばせする。母親に告げ口をしていたマーガレットは、口をへの字に曲げ、胸が痛んでたまらないという顔をする。そして、おなじ顔をイザベルに向ける。打ちひしがれた暗い顔だ。自分の言葉を信じてもらえるとは思わなかったが、嘘だけがその場を切り抜ける手段のような気がした。自分は、意気地《いくじ》のなさにも、嘘にも、意地汚さにも、耐えられる。だが、ほかの人たちをその衝撃にさらしてはいけない。

ところで、火の玉は現実に存在し、うそつきにだって見える。そう確信していたイザベルは、真実と嘘のちがいについて真剣に悩むことはなかった。だが、ある日のことだ。作文の教科書を忘れたイザベルに、シスター・イグナティウスが、別に意外にも思いません、といった。イザベルを見ていながら、それでいて、どこか遠くを見ているような表情だった。顔は青ざめ、目はうつろだ。シスターは、顔をしかめていった。「イザベル・キャラハン。あなたはほんとうに忘れっぽいのね。学費だって一週間おきに忘れるんですから」イザベルは、何回学費を忘れたのか数えてはいなかったが、そういわれても驚かなかった。家には〝貧しさ〟という名の怪物がいる。怪物は折にふれて暴れまわり、悲鳴のような吠え声をあげる。

その午後、イザベルは母親に、シスター・イグナティウスからいわれたことを伝えた。母親はイザベルをじっと見て、もう一度同じ言葉をいわせた。顔をそむけ、涙も流さずに、すすり泣くような声を出す。小さい子どもが、泣こうと決めたときのような声だった。わざとらしいのにどきっとするような、いやな声だ。母親はすぐにうそ泣きをやめて、質問をはじめた。「どこで？　ほかにはだれがいたの？　シスターの声はどんな感じだったの？　どなられたの？」

そのときまでイザベルは、自分が引き起こした母親の反応に満足していたが、はっとした。こんなふうに問い詰められるときは、いつもおなじ結末が待っている。母親にほんとうのことを伝えるのは簡単ではない。集中してシスターの声色《こわいろ》を思い出し、精いっぱい正確に描写しようとする。

「静かで、疲れてて、怒った声だった。どなってはなかったけど、教室のみんなにはきこえてたと思う」

母親は苛立《いらだ》たしげにため息をついた。「あなたにきいても仕方がないわね。自分がなにをいってるか、しょっちゅうわからなくなるんだから」

この不思議な小言を事あるごとにきかされてきたが、これまではほとんど気に留めなかった。だが、今日はちがう。ほんとうのことを伝えようとあんなに努力したのに、結局はむだに終わってしまった。にわかに、学校での出来事が現実味をなくしていく。きっと自分は、ほんとうに、生まれついてのうそつきなのだ。お願いだからさっきの話を信じないで、と叫びたくなってきた。母親とシスターが連絡を取ったら、どうなってしまうだろう。恐怖で心臓の鼓動が速くなる。ほんとうだと証明できればいいのに。ほんとうにいわれたのかどうか、自信が持てればいいのに。

これまでにも幾度か、ほかの人が嘘をついているのを目《ま》の当たりにして驚いたことがあった。もちろん、自分とアイリーン・オブライエンは別だ。アイリーン・オブライエンは知るはずもないが、アイリーンが怯《おび》えたうつろな目でお仕置き用のムチを見ながら、だれにも信じてもらえない嘘を叫んでいるとき、イザベルは心から同情し、一緒になって胸の中で叫んだものだった。だが、無意識に嘘をついてしまうのは、イザベルだけだ。アイリーン・オブライエンは、ちゃんとわかっている。声を張りあげながら、自分が嘘をついていることを承知している。

アイリーンのことを心配している余裕はない。明日にでも、イザベルがおなじ目にあうかもしれない。考えただけで気分が悪くなってくる。目を閉じると、シスターの姿が浮かんできた。そびえるような姿が立ちはだかり、こちらにかがみこんでくる。顔は怒りで蒼白《そうはく》だ。逃げられない——生まれながらのうそつきは追いつめられてしまった。「イザベル、どうしようもないうそつきね。あなたはほんとうのことがいえない子どもなのよ」

イザベルがなにかいうと、どうしても嘘をついているようにきこえる。ほんとうのことを話しているときでさえ、後ろめたそうな小声になったり、嘘じゃないと叫ぶかん高い大声になったりして、だれの耳にも、どこか後ろ暗いところがあるように響く。だがイザベルは、学費のことはなにも知らなかったし、何回持っていったかも覚えていなかった。それなら、どうやって、嘘をひねり出すことができたのだろう。どこかで学費の話を耳にはさんだのだろうか。

きっと、真実は片手につかんだ砂のようなものなのだろう。たぶん、真実と似たようなことが、ほんとうに起こったのだ。真実の一部をこの手につかんでいたのに、それは少しのあいだだけで、家に持ち帰ってくることはできなかった。そう考えると、小さな希望がわいてきて、胸が苦しくなった。もしかしたら、その真実を取りもどせるかもしれない。いわれた言葉を正確に繰り返せるかもしれない。シスターは「一週間おきに」といった？　それとも、「しょっちゅう」といった？　仮にシスターの言葉をみんな覚えていたとして、正しい順番に並べることはできるだろうか？　イザベルは、そんな調子で延々と考えをめぐらせ、そして、当然ながら答えにはたどり着けなかった。不毛でくたびれる作業だったが、時間を忘れることはできた。

ベッドはイザベルの王国だ。いつも、最後にはベッドが待っていると考えると、心が安らいだ。今夜は特にそうだった。ベッドにもぐりこんで心地よく寝そべり、ほっとしてため息をつきながら、暗闇のカーテンの裏にある自分だけの世界にすべりこんだ。


ロバートは、息せき切って大きな馬車に駆け寄り、扉を開けて中に転がりこんだ。ジェラルドは、アンジェロが新しい芝居の台詞《せりふ》を練習するのをきいていた。ふたりは、はっと顔をあげた。

アンジェロがいった。「どうした？」だが、ロバートは話すことができない。また、口ごもる癖《くせ》がもどっている。ジェラルドは立ちあがった(ジェラルドはアントニアの夫で、アントニアはアンジェロの姉だ。ジェラルドは、役者としては世界一ではないが、歌がうまく、勇敢で、すばらしい剣士だった)。ジェラルドはロバートを抱きしめていった。「ほら、大丈夫だ。ここなら心配ない。話してみろ」片手でロバートの髪をなでながら繰り返す。「大丈夫だ」

ジェラルドはいつも、ロバートが言葉につかえるとなだめてくれる。しばらくすると、ロバートは話せるようになった。

「父さんの家来がいた。護衛がふたり……。宿にいるんだ。ぼくは……き、ききに行ったんだ……」

「落ちつくんだ」

「壁にポスターを貼ってもらえないかききに行ったんだ。そしたら、絶対にいた。バーのうしろの鏡に映ってた。制服じゃなかったけど、ぼくにはわかる。絶対に父さんの家来だった」

「それで逃げだしたのか?」

「まさか。だって、きみが教えてくれたんじゃないか。逃げるとろくなことにならない、って。ポスターもちゃんと貼ってきた」

ロバートを抱きしめるジェラルドの腕に力がこもった。

「見られたか?」

「わからない。角を曲がってから走りはじめたけど、追ってくる影は見えなかった」

「大事なのは慌てないことだ。おまえを探しているわけじゃないのかもしれない。ここに用があったんだろう」

アンジェロがいった。「それでも、今夜は舞台に立たないほうがいい。給仕の役はおれがやるから、ロバートは馬車に残れ」

「探すとなったら馬車の中まで探すに決まってる。舞台には出したほうがいい」

「気づかれたらどうする！」

「気づくもんか。メイクだってするし、それに、われらが天才子役と哀れなうすのろ王子を重ね合わせるやつがいるか？　あいつらは自分たちで勝手に思い込んでるからな。王子はただのうすのろだ、って」ジェラルドは、〝うすのろ〟といいながら、ロバートの耳をやさしく引っぱった。「むかしはうすのろのふりをしてたんだろう？　あいつらと暮らしているときはそうだった」

そんなに簡単じゃない。ロバートは肩を落としていった。「きっと台詞を噛んでしまう。無理だよ。だって……」

「ばかをいうな」ジェラルドは驚いていった。「噛んだことなんか一度もないじゃないか。舞台に上がれば大丈夫だ」

「だけど、客席にあいつらがいて、ぼくを見てると思ったら……自信がないんだ」

「確かに、賭けはやめたほうがいいな。さて、どうしたものか」

イザベルにもわからなかった。物語はそこで途切れてしまった。イザベルは、暗闇の中で小さなベッドに横たわっていた。そのとき、はっとするような事実を突きつけられた。ロバートとアンジェロは、嘘だ。これはみんな嘘だ。旅をする芝居小屋も、ジェラルドも、アントニアも、マエストロも、アンクル・マックスも、陰鬱《いんうつ》なお城も、みんな嘘だ。
それでも、物語を作ることはやめられない。とっさにそう思った。物語を作ることは、毎日を生きていく手段だ。

アントニアは、マックスおじさんの新しい芝居で大成功を収めたあと、鏡の前で、きらきらした重い首飾りをはずしていた。そのとき、馬車の扉をノックする音がきこえて、有名な興行主が顔をのぞかせた。「お嬢さん、今夜という今夜まで、名女優レオノラは死んだとばかり思っていたよ」「わたしは、レオノラの娘です」「無論、そうだろうとも。いまになって、彼女に娘がいたことを思い出した。きみの才能と美貌はお母さん譲りだ。それに、あの演技！　すばらしかった」興行主は椅子に深々と腰かけ、感服したように首を振った。「わたしも愚かだった。今夜は冷やかしのつもりできたんだ。ちっぽけな旅芝居を笑いの種にするつもりだった！　ぜひ、街にあるわたしの劇場にきてほしい」

何回も想像しすぎてすり切れてしまいそうな場面もあった――ジェラルドが剣を抜いて、ロバートをさらいにきた相手に斬《き》りかかるところだ。刃がぶつかり合う音、空《くう》を切る音、胸が躍るような荒々しい音。ロバートは、少しずつ小さくなっていく音を背中でききながら、馬車に駆けこんで扉を閉め、錠をおろす。

眠りたいときには、こんな場面を思いえがいた。夜に、みんながたき火を囲んでいる。アントニアは普段着のズボンとセーターという格好で、マックスおじさんのギターにあわせて古いフォークソングをうたっている。ジェラルドがロバートの体に片腕をまわして、ぎゅっと抱きよせる。ロバートはジェラルドにくっついて、肩に頭をもたせかける。（アントニアがジェラルドにくっつく場面もあったはずだが、退屈なのでイザベルの想像の中には登場しなかった。）

どの話も嘘だったが、おつかいのお金やチョコレートのような、ありきたりの嘘とはちがっていた。物語の嘘はどこか、処女マリアや幼子《おさなご》イエスと似たところがある。

そう、ロバートたちは、にせものの偶像なのだ。いよいよまずいことになった――教理問答《きょうりもんどう》〔キリスト教の教えのわかりやすい説明。一般に問答の形式をとる〕に出てくる、あの風変わりな言葉が、いきなり間近に迫ってきた。具合の悪いことに、この言葉には、素知らぬ顔で隠し部屋の奥にすべりこんできたような風情《ふぜい》がある。自分でも気づかないうちに、イザベルは、マリアさまに祈りを捧《ささ》げる気持ちをなくしていた。ロバートとアンジエロがマリアさまに取って代わったのだ。やっぱり、みんなは、まごうことなくにせものの偶像なのだ。イザベルは大罪を犯した。物語を手放してしまわなければ、地獄に落ちてもおかしくない。

それでも、物語に出てくるみんなは、ほんとうにすてきだった。とても優しくて、朗らかで、親しみやすい。

すてきなのは当然だ――偶像なのだから。

イザベルはいつも、罪人に対して、親友に抱《いだ》くような怒りを覚える。どうして、自分から地獄の業《ごう》火《か》に飛びこんでしまうのだろう。どうして簡単な損得の計算もできないのだろう。だが、いまのイザベルにはわかる。計算は思ったほど簡単ではない。

こうなったら、死の床での告解《こっかい》に望みを託すしかない〔キリスト教カトリックで行われる七つの儀式のひとつ。このとき神父に罪を告白すれば神の許しを得られると考えられている〕。これも、そう簡単だとは思えない。まずは、なにが罪になるのかはっきりさせておかなくてはいけないし、その罪に適切な名前をつけなくてはならない。むずかしい作業だ。名前をつけた罪はリストにして、告白できるようにしっかり覚えておく。道徳をふるいにして、リストに入れる罪を選《え》り分《わ》けておかなくてはならない。リストが長くなりすぎたら絶対になにか忘れてしまうし、忘れたらおしまいだ。大罪をひとつ犯しただけでも、地獄の業火で永遠に焼かれるには十分なのだ。この計画は、ひとつの賭けでもあった。なぜなら、死にかけるというのがどんな感じなのかわかっていないからだ。いざ死にかけたら、なにもかも忘れてしまうのかもしれない。それでも、死の床での告解は、救われるための奥の手だ。定期試験の暗記のようなものだ。イザベルは、定期試験にだけは自信がある。

こんな考え事をしているうちに、この夜はもう、ロバートとアンジェロの世界にもどれなくなった。そこでイザベルは、暗闇をにらみながら、心ゆくまで母親への憎しみをつのらせた。母親にきかれる大嫌いな質問のことを考えた。「お母さんを愛してるの？」という質問だ。母親の声には、答えを待ちかねて、苛立ちがにじんでいる。そして、タイプライターで打ったように、おなじ言葉を繰り返す。何度も、何度も。

「お母さんを愛してるの?」

「うん」

「お母さんを愛してるの?」

「うん」

「お母さんを愛してるの?」

「うん」

「どれくらい?」

「どれくらい?」

「どれくらい?」

「どれくらい?　三ペニー分?」

「うん」

「六ペニー分?」

「うん」

「一シリング分?　ちゃんといいなさい。『ママ、一シリング分愛してる』って」

「ママ、一シリング分愛してる」

だけど、とイザベルは考えた。わたしが生まれつきのうそつきなら、お母さんはどうしてわたしの返事を信じるのだろう。

憎しみを吐きだしたおかげで、心がおだやかになった。涙を滴《したた》らせながら、やがてイザベルは眠りに落ちた。

次の日、イザベルは学校に行かないでいいといわれた。その次の日もおなじだった。二日後、となり町の女子修道院に行きなさい、と命じられた。そこに行くには、垣根をひとつ乗り越え、鉄道の線路を渡らなくてはいけない。ジェラルドが毎日戦っている危険にくらべれば大したことはないが、それでも線路を越えるのはこわかった。何度も左右を見て、電車がきていないか確かめた。だが、新しい学校は、いいところだった。居心地がいいといってもよかったし、しばらくたつと、好きだとさえ思うようになった。一日で片付けるべき冒険は線路を越えることだけになり、それは、朝のうちにすませてしまえばよかった。学校が終われば、時間があるので、回り道をして帰ることができる。毎朝イザベルは、線路のむこうの土手をのぼり切ると、ほっとして息をついた。これでもう、今日は勇気を奮い起こさなくていい。

ある日曜日、ミサがすむと、主任司祭が笑顔で母親に近づいてきた。ふたりは隅に行き、小声でなにか話していた。家路についた母親は静かで、誇らしそうに頰《ほお》を上気させていた。翌日、イザベルは地元の修道院にもどされた。もどることにためらいはなかった。時間がたったおかげで、気まずさが少し和《やわ》らいでいたからだ。シスター・イグナティウスの顔を見たいという好奇心もあった。変わったことはなにもなかった。以前と同じように、夜になるとロバートとアンジェロとジェラルドと過ごし、以前とおなじように、自分は生まれつきのうそつきなのだと認めた。それでも、どうせ罪人になるなら、納得した上でそうなりたかった。真実と嘘のちがいを知りたい。なにか手がかりが見つかるかもしれないと期待してシスター・イグナティウスの顔をうかがったが、シスターは、イザベルのことなど気にも留めていないようだった。こうして、期待はむなしく消えた。

ある日イザベルは、母親と姉と一緒に晴れ着をきて、お金持ちのヴェラおばさんといとこたちの家にでかけた。バス停に向かう途中、マーガレットがいった。「わたしの金のブレスレット知らない？」なにげない調子だった。丁寧でおとなびた口調だ。きっと、しばらく前からこのことを考えていて、どう切り出せばいいのか悩んでいたにちがいない。

「覚えてないの？」母親は、別のことを考えているような、静かな声でいった。「イザベルがつけて散歩に出てなくしたんじゃないの。残念ね」

イザベルは、うそつきの声で叫びそうになった。わたしじゃない！　わたしじゃない！　だが、寸前で言葉をのみこんだ。大切なのは沈黙を破らないことだ。

ある光景が思い出されてきた。アンおばさんと母親の会話だ。「メイ、ダイヤモンドをどうしたの？」すると母親は、お得意の慎み深い表情になって答えた。「しーっ！　寄付を頼まれちゃったのよ」そういうと、恥じ入るような奇妙な微笑を浮かべた。寄付を求めてきた相手がだれであれ、マーガレットのブレスレットも、そのだれかが持っているのだろう。

イザベルは、この通りを散歩する自分の姿を想像してみた。腕をぶらぶらさせていると、大きすぎるブレスレットが、音も立てずに手首からすべり落ちる。想像はしたが、ほんとうにあったことだとは一瞬たりとも信じなかった。

沈黙は続いた。イザベルは、水の中の世界で夢をみていた。責め立てる叫び声や、泣き声や、悲鳴。剣が空を斬り、ぶつかり合い、怒声が飛び交う。だが、その騒音が外の静けさを破ることはない。本当に夢をみているような感覚だった。そこでは、目を見はるようにすばらしい出来事が起こり、恐怖や怒りを表に出す者はひとりもいない。マーガレットは押し黙って歩きつづけ、地面をにらんでいた。

イザベルも黙っていた。呼吸はおだやかで、心は落ちついていた。この先、シスター・イグナティウスに悩まされることはないだろう。そして、自分は火の玉を見た。確かに見たのだ。

御恵みとおさがり

神さまの御恵《みめぐ》みに触れたのは、午後のミサのときだった。夏の暑い日曜日のことだ。イザベルは、なにかの間違いだろう、と後ろめたくなった。もしかしたら、この恵みは、となりの女の人が受けるべきだったのかもしれない。きっと、祈りを捧《ささ》げて恍惚《こうこつ》となっている彼女への贈り物だったのだ。

ほんの少し前まで、イザベルは別のことに気を取られていた。暑さ、日の光の中で舞うちり、ステンドグラスから射しこむバラ色の光、ステンドグラスは房《ふさ》になったナツメみたいで不格好なのに色付きの影を落とすところはすてきだということ、開け放たれた入り口におおいかぶさるように茂ったコショウの木。儀式にはちっとも集中していなかった。だが、やがて神父さまの説教がはじまった。

その日説教を担当したのは、巡回でやってきた若い神父さまだった。話し方はおだやかでゆっくりしていたが、仕草はてきぱきしていた。「みなさん、想像してみてください」神父さまは悲しげにいった。悲しげなだけで、怒ってはいない。「罪深い人間の魂を想像してください。魂は美しいものではありません。暗い隅にはクモの巣がびっしり張っていて、あちこちに虫が這《は》いまわっています。わたしたちは、それがどんな虫なのか気にも留めずに追い出そうとします」這いまわる虫という言葉に気を引かれて、イザベルは神父さまの説教に耳を傾けはじめた。「ひとつきりの小さな窓は煤《すす》で真っ黒なので、空はほとんど見えません。ですが、聖霊の光がいきなり、クモの巣だらけのひび割れた天井から射しこんできたらどうでしょう。みなさん、すべてが輝かしく変わるのです」

イザベルの耳には、神父さまの話が、道徳を説く言葉ではなく、魔法の言葉のように響いた。心の中におだやかで快い日の光が降りそそぎ、その感覚が、ミサのあいだずっと続いた。ミサが終わってしまうのが残念でならなかった。ひとまずは、神さまにもらったこの新しいお守りを、信用ならない世界に持ち出さなくてはならない。母親とマーガレットのあとについて家に帰りながら、神聖な宝物を外の世界で汚《けが》さないための方法を思案した。

簡単にはいかないだろう。マーガレットとのけんかはやめられる――いまになってみると、どうしてあんなにけんかしていたのかわからない。怠《なま》け癖《ぐせ》もやめられる。口答えもやめられる。最後のひとつが一番むずかしそうだが、それでもやれるはずだ。どうにかやれる。高潔なクラブ活動をはじめるような感じだ。やるべきことはたくさんあって、しかも、どれかひとつを優先するわけにはいかない。

いつかの日曜日、ミサの終わりに主任司祭が母親のそばにきて、こんなふうにいったことがあった。「キャラハン夫人、イザベルの試験の結果を知ってうれしかったでしょう。お行儀もよくてすばらしいお嬢さんだと、シスターたちが口をそろえて言っています。マーガレットもおなじです。お嬢さんたちのことを誇りに思ってください」

母親は、家に帰るまで、ほとんど話をしなかった。司祭の不公平な言葉に口がきけなくなっていたからだ。とうとう、深く息を吸い、絞り出すような声でいった。「神父さまにちゃんと教えてあげればよかったわ。外では天使のふりをして、うちでは悪魔なんだって。外では天使、うちでは悪魔、それがミス・イザベルよ」

だが、いまのイザベルは、こう考えるようになった。本人が望むなら、すばらしい人間になってもかまわないのだ。困難が大きければ大きいほど結果はよくなると考えることもできる。あきらめずにいれば、自分はあの光に値する人間だとわかるだろう。

家に着くと、すぐに日曜日用のワンピースを脱いでハンガーにかけた。古いワンピースに着替えてキッチンへ行き、野菜の皮をむいて、夕食の食器をテーブルに並べる。マーガレットが入ってきたとき、イザベルは、冷たい水を張ったボウルにジャガイモを移しているところだった。

「ちょっと、今日はあんたがは洗い物をする番でしょ。ずるするつもりね。先にきて楽な仕事を取ったりして」

最初の試練だ。イザベルは身がまえた。

「忘れてたの」ほんとうだった。「でも、洗い物もするから、苛々《いらいら》しないで」思わず言い返してしまったが、これくらいなら害はない。

「じゃあいいけど」

いつのまにか、母親がうしろにいた。

「どうかしたの？」

「今日はイザベルが食器を洗う番なのに、先に野菜の皮むきと食卓の準備をすませちゃってたのよ。わたしがやろうとしてたのに」

「洗い物もするってば。忘れてただけ」

母親は、考えこむようなしかめ面《つら》でイザベルを見たが、なにもいわなかった。

食事をしながら、母親がなにげない調子でいった。「マーガレット、今日はすごく暑いから、午後にアンおばさんのところに行くのは無理よ。イザベルが行けばいいわ」

マーガレットは、少しうれしそうな顔をしたが、面食らってもいた。

沈黙が流れた。ふたりは、イザベルがわめくのを待っていた。行かない！　いや！　不公平でしょ！　わたしは行かない！

イザベルは黙っていた。夢見心地で冷たい羊肉を嚙《か》みながら、今まで自分はどうしてあんなに怒っていたんだろう、と首を傾《かし》げる。アンおばさんの家に行くかどうかが、なぜこれほどに問題になるのだろう。アンおばさんの家は好きだ。裏のベランダに古いたんすがあって、棚のひとつには子ども向けの本が並んでいる。本を読むのは楽しみだったし、アンおばさんは、手作りのレモネードをごちそうしてくれる。

母親がいった。「どうしたのよ。牛みたいにもぐもぐして」

マーガレットが笑った。「改心したのかも。プラマー通りの聖イザベルよ」

やり返す言葉を飲みこむのはつらかった。イザベルはひと呼吸おいて、短く答えた。「わかった」自分でもそっけないと感じたが、イザベルは、あることに気づいた。新しい発見だ。これで、母親にはどうすることもできない。イザベルの返事で我慢するしかない。

少しすると、母親はおなじ言いつけを繰り返した。激しくため息をついて鼻で笑うような音を立て、ゆでたジャガイモを切り分けはじめた。それ以上なにもいわなかった。

イザベルが着いたとき、アンおばさんは椅子でうとうとしていた。椅子の上には、シダ植物が屋根のように葉を張り出して、日陰を作っている。シカの角《つの》のような形のビカクシダや、クジャクシダの植わった吊り花かごのおかげで、空気が涼しく感じられた。

「ひと息つきなさい、イザベル。こんなに暑いのに寄ってくれるなんてうれしいよ」

「お母さんにいわれて、ミートプレス〔肉ひき器。ひき肉を作るための調理器具〕を持ってきたの。必要じゃないかって思ったみたい」

「ご親切にどうも。キッチンのテーブルに置いてきてくれると、老いぼれた足が助かるよ」

「本を読んでいってもいい？」

「もちろん。冷蔵庫にレモネードがあるから、自分で注《つ》いでちょうだい。汗がひく前に飲んじゃいけないよ」

こういう小言は、アンおばさんなりの愛情表現だった。イザベルは、おばさんの言葉を真《ま》に受けることはなかったが、小言をいわれると心地よく感じた。石の上に座ってはいけないとか、ブドウを食べたあとに水を飲んではいけないとか、月光を顔に浴びたまま眠ってはいけないとか、そういった類の忠告だ。

イザベルは、レモネードを注いだグラスをそばに置き、スーザン・ウォーナーの『広い、広い世界』〔キリスト教精神に基づいて書かれた一八五〇年刊行の小説。アメリカで最初にベストセラーになった本としても知られる〕を開いた。章の書き出しは大文字の飾り文字になっていて、色付きの口絵が付いている。ふたりの女の子の絵だ。女の子たちは白いエプロンドレスをつけて黒いハイソックスをはき、スカートのすそからペチコートのフリルをのぞかせている。

大好きな午後の過ごし方だった。

ところが今日は、いつもほど心が浮き立たなかった。これからは、ある場所でほかの場所より幸せを感じるようなことはないのかもしれない。御恵みというのは、神父さまの話していた天国に似ている。天国では太陽がかげることはなく、天気も季節も変わらず、昼も夜もないという。その話をきいたとき、イザベルは「それもいいけど退屈そう」と考えたものだった。そう考えたことをいま思い出しても、同じように感じることはない――あんなふうに感じていたなんて、想像するのもむずかしい。

イザベルは夕食にちょうど間に合うように家に帰り、食器をテーブルに並べた。夕食の時間はいつになく静かだった。片付けをしようと席を立ったとき、母親がいった。「いい子ぶるのはもうたくさん。お皿は置いておきなさい。マーガレット、今日はあなたの番なんだから文句はないでしょう」

マーガレットの面食らった顔を見て、イザベルは誇らしい気持ちになり、思わず頰《ほお》をゆるめそうになった。しかし、すんでのところで危険を察知した。世界は、静かに、そしてなんの前触れもなく、イザベルを飲みこもうとする。よろめきそうになったのは、だれかの優位に立ちたいという誘惑より、勝利の笑みを浮かべたいという誘惑のほうだった。御恵みにふさわしくあろうと練習を続け、力を手にしたことが誇らしかった。それは、はじめて体験する感情だった。冷静でいるのはむずかしい。

それからの数日は、なにごともなく過ぎていった。胸の中に灯《とも》った明かりは消えなかった。だが、神聖な力を得ようといくら努力しても、神聖さとはほど遠いことばかりで得をする。奇妙な気分だった。しょっちゅう怠け者だといわれるのに、言いつけられる用事がだんだん減っている。母親が目を光らせて、家事がきちんと分担されるようになったからだ。

水曜の夜のことだった。夕食の席で、母親がきっぱりといった。「イザベル、もうたくさんよ。あなた、なにを拗《す》ねているの」

「拗ねてなんかない」イザベルは不意を突かれ、思わず強い口調で言い返した。とたんに不安が襲《おそ》ってくる。厄介《やっかい》なことになりそうだ。

「親に嘘をつくんじゃないわよ。なにを拗ねているの」

「でも、ちがう。べつに拗ねてない」

胸の中の明かりのことを考えて。我慢して。

「別に拗ねてない、別に拗ねてない、そればかりね。いいから答えなさい。なにを拗ねているのよ」

どうしよう。どうすればいい？　どういう声を出せば相手に信じてもらえる？　嘘をついているときだって信じてもらえる声があったはずだ。だが自分は、そんな声を思いのままに操ることができない。イザベルは、黙って首を横に振った。

「いつ見ても人を小ばかにした目をして。今度は、ご立派すぎて口もきけないっていうの？ あんたを見てると胸が悪くなるわ。お上品なお嬢さま、わたしにはあんたのことが本を読むようによくわかるのよ。拗ねていないだなんて、よくもいえたわね。白々しい嘘をつくんじゃないわ。ほら、なにを拗ねているのよ」

わたしはほんとうのことをいっている。だから、なにをいわれようと関係ない。母親がわたしを信じないのだとしたら、それは母親の問題だ。とても単純なことだった。どうして、これまで気づかなかったのだろう。御恵みを守っていると、ほかにもいいことがある――胸の明かりが消えていなければ、自分が真実をいっていることがわかる。いままでなら、そろそろこのあたりで、もしかしたら自分は拗ねているのかもしれない、嘘をついているのかもしれない、と自信が揺らぎはじめていただろう。母親が断言するならそうなのかもしれない、と不安になっていたはずだ。

長い間《ま》が空いた。イザベルはしばらく待ち、もう大丈夫だろうと考えて、ナイフとフォークを手に取った。ところが、そのとたん、母親の声が飛んできた。「イザベル、なにを拗ねているのか答えなさい」

とうとう、イザベルは動揺しはじめた。いつまで持ちこたえられるかわからない。わめき返してしまう瞬間が迫っている。

だが、絶対にわめいたりしない。御恵みのことを考えていれば、きっと落ちついていられる。

「答えなさい」悲鳴まじりになっていた母親の声が、静かで品のある調子を取りもどしはじめた。服を着替えている途中のようだ。イザベルが顔をあげると、逆上した母親の血走った目が見えた。母親は、答えをききたいわけではなく、イザベルがわめくのを待っているのだ。こちらが騒げば、機嫌がよくなる。

母親の怒りが、母親自身を苦しめる生き物のように見えた。イザベルは母親の苦しみを和らげる感情のはけ口のような存在だった。はけ口としての役割を果たさないかぎり、母親は苦しみつづけることになる。

父親が同じことをしていたものだ。静かに座って母親の罵声《ばせい》を浴びながら、わざとゆっくり食事をしながら新聞をめくっていた。イザベルがいましていることを、父親もしていた。ある夜、一度だけ、父親が新聞を叩きつけるように置いたことがある。顔を蒼白《そうはく》にして、刺すような目で母親をにらみつけ、舌が膨れあがったかのようにあえいでいた。椅子を蹴って立ちあがり、パン切り台のナイフをつかんで母親に詰め寄った。母親は首を奇妙な角度に傾げてあとずさり、両手を前に突き出した。ふいに、母親のてのひらを、ひとすじの血が伝いおちた。

しかし、父親が立ちあがる前、そして、ナイフは現実のもので、その刃が迫っていることも現実だと母親が気づく前、その両目には、満足げな光が小さな点のように浮かんでいた。小さな海獣が、海の底から浮かびあがってきたかのようだった。両親は立ちつくし、呆然《ぼうぜん》と血を見つめて、子どものように途方に暮れていた。高すぎる木にのぼったあとで、おり方がわからなくなったように。

それから長いあいだ、家の中は平和だった。ぎこちなく、不安定な平和が続いた。

だけど、わたしは、お母さんを苦しめたくて苦しめてるわけじゃない。イザベルは考えた。だから、なにも悪いことはしていない。母親の感情は気にしなくていい。御恵みというのは自分勝手なものなのだ。

イザベルはいった。「わたし、拗ねてない」今度は、ふつうの声を出すことができた。

「なんて子なの……あんた……あんたは……あんたは……」母親が立ちあがり、イザベルをにらみつける。言葉は喉の奥から出てこなかった。母親は椅子を乱暴に押しのけ、食事をそのままにして寝室に行った。

姉妹は夕食をすませて片付けをした。寝室からもれてくる奇妙な嗚咽《おえつ》には気づかないふりをした。一度だけ、マーガレットは深く息を吸って、なじるような目でイザベルを見た。だが、たとえいいたいことがあったのだとしても、なにもいわなかった。

ある日、マーガレットは、遅い時間に学校から帰ってきた。くたびれていたが、楽しげに頬を上気させていた。

「どこにいたの？」

「今度、学校で劇をするの。『十二夜』をやるのよ。オリヴィアの役をやることになったの。ファーガソン先生にいわれたんだけど、火曜日と木曜日は学校に残って劇の練習してもいいでしょ?」

マーガレットは、母親が眉をひそめるのを見て、顔色を変えて続けた。

「ファーガソン先生にいわれたんだけど、劇をすれば、シェイクスピアのことがもっとよく理解できるんだって」

マーガレットはこの頃よく、「ファーガソン先生にいわれたんだけど」という言葉を使う。ミス・ファーガソンは、若くてスタイルのいい女の人だ。金髪をとても短く切っていて、たとえ相手が校長先生のミス・ブランデルでも、自分の意見を落ちついてはっきりと述べることができる。

「さあ……」母親は肩をすくめた。「そうかもしれないわね。ちゃんとした時間に帰ってくるならいいわよ」

こわばっていたマーガレットの顔がゆるんだ。

そういえば、お姉ちゃんって美人ね。イザベルは、ふと気づいた。

御恵みを守り通せるかどうか、試す機会がきたらしい。頭の中で考えているだけでは意味がない。イザベルは、急いで自分に言いきかせた。

劇には、男の子たちも参加することになっていた。ほんものの、男子校の生徒たちだ。〝奇跡の人〟ファーガソン先生が、ブランデル校長先生を見事に説得したのだ。校長先生は劇に出る生徒たちを集めて、若いレディーはどのように振舞うべきなのか、どんな信頼が寄せられているのか、お説教をした。ヴァイオラ役のジェシカ・ロングは、校庭で級友たちを集めて、ミス・ブランデルの話を繰り返した。ジェシカは、あごを引いてひだを作り、校長先生のしかつめらしい顔を滑稽《こっけい》に真似《まね》てみせた。イザベルも、それをみんなに混じって見物していたので、男の子たちが劇に参加することは知っていた。だが、マーガレットはそのことについてはひと言も触れなかった。

ある日、学校で、女の子とはちがう生き物を七人見かけた(顔は幼いのに、体つきは不思議に大人びていた)。男の子たちは校庭をぶらぶら歩きながら、くだけた雰囲気をかたくなに崩そうとしなかった。火曜日の午後のことだ。

マーガレットはその日、五時半に帰ってきた。疲れてはいたが、浮ついた気持ちを隠し切れない様子で、椅子に深くもたれた。

イザベルの御恵みは、少しずつすり減っていた。消えないように、急いでなにか手を打たなくてはならない。本を閉じて立ちあがり、食卓を整えはじめた。

夕食の一件以来、母親はイザベルに最低限の言葉しかかけないようになっていた。黙って、ぎらつく憎しみのまなざしを投げてくる。紛れもない憎しみだ。それだけは間違いない。憎しみから身を守る鎧《よろい》が欲しかった。だが、イザベルは鎧を着ているようなものだった。傍目《はため》には見えなくても、胸の中にあの光が灯っているかぎり、イザベルは安全だ。

母親が重い口を開いた。「勝手な真似はよしなさい。マーガレットの番よ」

マーガレットがいやそうに立ちあがり、イザベルは座り直した。御恵みは、まだ危険にさらされていた。その気になれば、思いやりをみせることもできる。たとえばこんな言葉をかければいい。「リハーサルはどうだった？」だが、マーガレットは、イザベルが母親の神経を逆なでしようとしていると考えるかもしれない。実際、そのとおりになるだろう。イザベルはマーガレットを妬《ねた》んでいる。そして、妬みはまごうことなく魂の中の〝虫〟だ。いまはおとなしくして、御恵みを守ることに意識を集中させたほうがいい。

その晩、マーガレットは早めに寝室に下がった。イザベルが寝室に入ると、重ねた枕にもたれて、自分の台詞《せりふ》を読んでいた。おだやかな顔で、真剣に練習している。『少し酔っぱらってはいるけれど、誇りをかけてきくわ——門のところにいらっしゃるあの殿方はどなた？』

シェイクスピアはイザベルのものだ。マーガレットが——こんなにきれいなマーガレットが——、シェイクスピアの言葉を自分のものにしているのを見ると、耐えられないほどつらくなった。マーガレットはなんて欲張りなんだろう。

イザベルは黙ってベッドにもぐりこみ、自分に問いかけた。台詞の練習相手になってあげたほうがいいのかもしれない。だが、そこまで寛大になれる自信がない。

ふと、マーガレットが声をかけてきた。「ねえ、イザベル」

「なに？」

「母さんには男の子たちのこと黙っておいてくれない？　なんにもやましいことはないのよ。平気なんだけど、ただ……」

イザベルは、呆気《あっけ》にとられて、妬んでいたことも忘れた。マーガレットが、ふつうの声で、まるで友だちのように話しかけている。そして、イザベルが母親に言いつけたりしないと信じている。

「わかった、いわない」

「ありがと」マーガレットは小声でいうと、また練習にもどった。「『紳士！　紳士って？』」

物事は変わるのだ。それは、息をのむような発見だった。

シェイクスピアを独り占めしようだなんて――それこそ、魂の中の〝虫〟みたいな考えだ。シェイクスピアはみんなものだ。神さまとおなじように。

劇をするのはすてきなことだ。窓を開けるような、少なくとも、風通しがよくなるような感じがする。だが、母親はいい顔をしないで、マーガレットが台詞の練習をしているのを見ると小言をいった。「宿題をしなさい。そんな……そんなこと、時間のむだよ」〝そんなクズ〟という言葉をのみこんだのがわかった。

「ファーガソン先生がいってたんだけど、劇をするのはほんとうのお勉強なの。宿題とおなじくらい大事なんだって」

イザベルはマーガレットに同情し、心配になってきた。危険に気づいていないのだ。

ある日、マーガレットはいつもより遅く帰ってきた。おもてには、後ろ暗い空気をはらんだ夕闇がおりてきていた。

「こんな時間までどこにいたのよ」

「劇の練習」マーガレットは、うわの空で答えた。「どうしてもうまくいかない場面があって。ファーガソン先生に何度もやり直しをさせられたの」

「先生にそんな権利はないわよ。こんな時間まで帰らせないなんて。もう少しで、電話をかけて苦情をいうところだったわ」

マーガレットは心配そうな顔になった。「先生は、帰らなくちゃいけない人は帰っていい、っていったのよ。わたし、叱られるなんて考えなかった」

「そりゃそうでしょうよ。あなたはものを考えたりしないいんだから。いい？　まともな時間に帰ってこないなら、もう劇には出させませんよ」

マーガレットは鋭く言い返した。「いまさらやめるなんて無理よ。出てもかまわないっていってたじゃない。だめなら、はじめからそういってよ」

母親は壁にぶつかったような顔になった。気を取り直した時には、もうマーガレットはいなかった。


次のリハーサルの日、マーガレットの帰りは遅かったが、このあいだほどではなかった。母親は、家で待ちかまえていた。イザベルは、張りつめた空気を感じとって落ちつかなくなり、テーブルに食器を並べた。じっと座っていることが耐えられなかった。母親の沈黙が余計に不安を煽《あお》る。マーガレットが帰ってくると、母親は時計の横の棚から、小さな茶色い紙袋を取り出した。マーガレットはさっと青ざめ、その場で凍りついた。母親が、紙袋の中身をテーブルにあける。小さな箱入りのおしろいの試供品がひとつ、ファンデーションの短いチューブと試供品の口紅が一本ずつ、それから、頬紅のコンパクトがふたつ。

「これはなに？」

「ただのお化粧品よ。劇で要《い》るの」

「口を開けば劇のことばっかりね。ほんとうは男の子を追いまわしてるくせに。とんでもない時間に帰ってきて、いかがわしいところをほっつき歩いて男の子を追いかけて。べたべた化粧をするのもそのためでしょう。劇で使うなら、どうして隠したりしたのか教えてほしいわ。下着でくるんだりして。なにが劇よ！」

マーガレットは言い返した。「わたしの物を勝手にさわらないでよ。引き出しはひとつしかないし、それでも足りないのに。あれはわたしの引き出しなんだから、勝手に開けないで。ほんとに、やめてよ」

マーガレットの声は頼りなく、怒り方もぎこちなくて心細そうだった。イザベルは姉の姿を見て、蝶みたいだ、と思った。羽根を広げると、ぎょろっとした目の模様が現れて、敵を威嚇《いかく》する蝶みたいだ。弱いが、効果はある。

母親は青ざめてたじろぎ、しばらく声をなくしていた。しばらくすると、哀れを誘うような調子でわめきはじめた。「子どもなんていらないわ。冷たくて恩知らずなだけ。子どものためになにもかもあきらめたのに、それでなにを手に入れた？　責められるだけよ。夫を亡くした母親に、よくもそんな口がきけたわね。次はなにをしでかす気？　煙草《たばこ》でも吸いだすのかしら。神のみぞ知るね」

母親の声は哀れっぽく震えていた。変な声――イザベルはおかしくなり、笑ってしまった。冷静になると、急にきまりが悪くなった。母親の顔には、紛れもない苦しみが浮かんでいる。御恵みは消えてしまったにちがいない。イザベルは放心したまま座っていた。こわくて動けない。必死で痛恨の祈りを捧げ、苦痛が訪れるのを待つ。ところが、いくら待っても苦しくならない。暗い気分にもならない。無言の夕食が半分ほどすんだ頃、イザベルは、あの光は消えずに輝きつづけるらしいと知って、ほっとした。

だが、危ないところだった。いったいどうやって切り抜けられたのだろう。せめて規則がわかれば、それを守って安心していられる。いまこそ神さまの導きを求めて祈るときだったが、天国に助けを求めるのは避けたかった。間違って御恵みがイザベルに届いていたことが知られれば、誤りを元から正そうとするにちがいない。神さまだって、自分の間違いは指摘されたくないにきまっている。だが、聖人はちがう。御恵みを取り仕切る係の聖人がいればいいのに、と思った。たとえば、聖アントニオスは落とし物を預かる係だ。だれに祈れば助けてもらえるのだろう。

そこでイザベルは、聖人の研究をはじめた。毎週土曜日の午後になると、公立図書館に出かけていって、『聖人たちの人生』や『オックスフォード聖人辞典』を開く。すぐに、あることがわかった。御恵みにはどの聖人も関わりがあって、それぞれが突拍子もない方法でそれを守っている、ということだ。毛を編んだちくちくするシャツを着た人もいれば、細い円柱の上に座った人もいた。毛のシャツを選ぶなんて、それまでの生活がよほど気楽だったにちがいない。イザベルは、そんなやり方は好きになれなかったし、聖アウグスティヌスが自宅の庭で「貞潔《ていけつ》と節制を与えてください。いますぐにではなく」と訴えたことを知ると、こわくなった。一度すべてを手に入れて――愛情、才能、友情、アウグスティヌスのいう「家族のぬくもり」、劇が好きだという気持ち――、その全部を手放さなくてはならないなんて。道徳をふるいにして選ぶこともできないなんて。それでもイザベルは聖人の研究をやめなかった。聖人も聖女も魅力的だと思った。役立たずでも、殉教者《じゅんきょうしゃ》でも、救済の天使でも、世界をしっかりと踏みしめて歩き、自分に自信を持ち、両親のことも、子どものことさえも、あっさり片付けてしまう。（どうしてペルペツアは自分の赤ん坊を捨てられたのだろう。だが、実際に捨てたのだ。そうするしかない、という言葉の持つすばらしい自由の輝きを垣間見たようだった。）

御恵みを守る方法については、みんながおなじ考えを持っていた。あきらめと、犠牲だ。「財産を売り払って貧しい人たちの空腹を癒《いや》しました……」「巨万の富を町の貧しい人たちに分け与えました……」。イザベルにも、少しは自分のものがある。本が数冊、エナメルのブローチがひとつ、それから陶磁器の犬。しかし、だれがそんなものを欲しがるだろう。売り払っても、貧しい人に食べ物を買うことさえできない。

そのとき、面白いことに気づいて、イザベルは頬をゆるませた。貧しい人たちに食べ物をあげることを考えている自分も、〝貧しい人〟だ。

しばらくするうちに、マーガレットの劇は、はじめの魅力を失って単なる義務と重荷になり、ありふれた日常と変わらなくなった。マーガレットは、自信がなさそうに小声で台詞を練習し、ちがう抑《よく》揚《よう》を試していた。演目は『十二夜』から『十二夜より』に変わり、一般の観客の前で公演をするという計画はなくなった。劇は、女子校と男子校で午後に一回ずつ上演された。マーガレットは、借り物の緑のロングドレスを着てとてもきれいだったが、舞台の上に出ると棒立ちになった。ジェシカ・ロングもおなじだった。校庭で見せたすばらしい演技はかけらも姿を見せなかった。マルヴォーリオとサー・アンドルー・エイギューチーク役のふたりはうまくやり遂げたが、それもせいぜい、恥をかかずにすんだという程度だった。

劇が終わったことを、マーガレットが喜んでいるのか悲しんでいるのかは、わからなかった。姉は感情を隠すようになっていた。ルイーズという新しい友だちができて、土曜日はいつもその子の家に出かけていく。母親との同盟関係は、ふっつりと切れてしまった。

イザベルだけが、母親の苦しみを目《ま》の当たりにすることになった。紛れもない、それでいて、滑稽な苦しみだった。青ざめた顔でうろうろ歩きながら、同じ言葉を繰り返す。「母親になんかなるもんじゃない。母親になんかなるもんじゃないわ。子どものためになにもかもしてやって、子どものためになにもかも犠牲にして、それでなにを得た？　用がすんだらあっさり忘れられるのよ。子どもは、ためらいもなく親を見捨てる。冷酷な恩知らず、それが子どもよ」

母親はイザベルに向かって話してはいなかったが、わざときこえるようにいっていた。怨《うら》み言《ごと》をマーガレットに伝えてほしいと期待しているのかもしれないし、イザベルを新しい仲間にしたいのかもしれない。イザベルは母親の声をきくまいとしながら、おかしなことになったと感じていた。キッチンの床を磨く手を速める。家事を片付ければ、こんなに苦しい場所から逃げだして、神聖さや兄弟愛について書かれた本を読むことができる。ほかにどうしようもない――神さまの御恵みが、逃げだしなさい、といっていた。そしてイザベルは、その言葉に従った。いまでは御恵みも、密《ひそ》かな喜びというよりは、自分の身を守るための手段になっていた。

「これでいい？　もう行っていいでしょ？」

「これで磨いたつもりなのね。勝手にしなさい、恩知らず。あんたもマーガレットと同じよ」母親には、怒る気力も残っていなかった。

ある午後、姉妹はたまたま同じ時間に家に帰りつき、おもてにノーリーンおばの車が止まっているのを見つけて顔を輝かせた。ノーリーンおばは野暮ったく不器量な女性だったが、いつもお小遣いを十シリングくれたし、着なくなった服もくれた。おばさんのお古《ふる》は、ほかの人たちの新しい服よりすてきだった。

父親の姉妹はふたりとも成功していた。その不公平に激しく苛立っていた母親に影響されて、イザベルはしょっちゅう修道院の級友たちを相手に、自分の父親は遺言をねじ曲げられて少ない遺産しかもらえなかったのだ、と話した。だが、いまのイザベルにはわかっていた。母親はいつもと同じように、自分の運命に腹を立てているだけなのだ。イヴォンヌおばは資産家と結婚して、郊外で暮らしている。天国くらい離れた場所だ。ノーリーンおばはドレス工場の女性支配人で、自分の会社の株を買っていた。車を持っていて、しゃれた休日を過ごす。母親はきまって、ノーリーンおばの着る服を、哀れみのこもった軽蔑の目で見た。

「ノーリーンもかわいそうにね。自分がどんなに見苦しいかわかってないのよ」

母親とおばは、キッチンのテーブルをはさんで座っていた。母親はおだやかで、社交的に振舞っていた。マーガレットが反発しはじめて以来、久しぶりに元気を取りもどしていた。上等のカップでお茶を飲みながら、舌なめずりでもしそうな顔で、ノーリーンおばの身なりを値踏みしている。おばさんは、ふじ色のデシン織《おり》のドレスを着て、薄茶色のなめらかなキツネの襟巻《えりま》きを二本、巻いていた。キツネたちは互いの太ももをくわえ、しっぽを宙で揺らしている。ノーリーンおばが見苦しいのは、不器量なのに美人のように装うせいだ。イザベルは、それが悪いとは思わなかった。きれいな人がデシン織のドレスを独り占めしていいわけでもない。だがノーリーンおばは、恥ずかしげもなく自分の理想をさらけ出し、隠しておくだけの慎ましさを持ち合わせていない。母親の面白がるような視線を浴びて、ノーリーンおばは縮こまり、やり場のない怒りに頰をほてらせていた。襟巻きのキツネまでが不安そうに見えた。

ノーリーンおばの苛立ちは、険《けん》のある声にも表れていた。「あら、ふたりとも学校はどう？」

「おかげさまで、ふたりともよくやっているわ。お茶をもう一杯いかが？」

椅子の上には、膨らんだ茶色い紙袋があった。

「結構よ、メイ」ノーリーンおばは、忍耐強くいった。「マーガレット、急に大きくなったんじゃない？　どんどんイヴォンヌに似てくるわね」

母親は、イヴォンヌおばの名前をきくと、少し顔をくもらせた。「イヴォンヌはどう？　ロブのお葬式から会っていないわ」

「イースターのときに一週間遊びに行ってきたわ。みんなすごく元気よ。キースもトムの不動産管理を本格的に手伝い始めたし。大学に進む気はないみたいね。ヒューは法律を勉強したいみたい。あの子は頭がいいのよ。親元に残ってくれる子がひとりはいてよかった」

「あそこで休暇を過ごしたなんて、すごく楽しかったでしょう。きっとロブも気に入ったはずよ。かわいそうに、そんな機会には恵まれなかったけれど」

嵐の予感がした。マーガレットが、不安そうな面持ちで紙袋をちらっと見る。イザベルにも姉の気持ちがわかった。十シリングがもらえるかどうかも心配だった。

ノーリーンおばは、テーブルを見つめていた。

「お医者さまに、転地療法で奇跡が起こるかもしれないといわれたから、イヴォンヌに手紙を書いたのよ。そうしたら、たったひとりの兄が危篤だというのに、あの人、五ポンド送ってよこしてきたきりよ。これで休暇を過ごしてちょうだい、ですって。五ポンドよ」

ノーリーンおばは小声でいった。「そうね、それであなたは、お金を送り返したのよね」

母親は、さげすみを顔に浮かべ、落ちつき払って自分のカップにお茶を注いだ。

これで十シリングはおじゃんだ。母親も、娘たちと同じくらい悔やむはずだ。だが、イザベルにもマーガレットにもわかっていた。母親が、十シリングのために、いま味わっている喜びを手放すはずがない。

「メイ、頼むわよ。何回同じ話を繰り返すつもり？　前にも同じ話をきかされたわ。もうすんだことでしょう。忘れてちょうだい」

「忘れたいことならほかにもあるでしょう。あなたたち、たったひとりの兄が病院で死にかけていたのに、一度もお見舞いにこなかった」

「知らせてくれればよかったじゃないの。あんなに悪化してたなんて……」ノーリーンおばの声は悲鳴に近かった。

「知らせてくれればよかった？　知りたくなかった、の間違いでしょう。あなたもイヴォンヌも、都合の悪いことは知らない振りをするのよ」

「あなただって、そんな経験の一度や二度はあるでしょう。いつも天使みたいに完璧だったわけじゃないわ」

母親は大きく息を吸った。「なにがいいたいのかしら」

沈黙が流れた。

「ねえ、なにがいいたいの？」

ノーリーンおばは答えられなかった。震える手でハンドバッグの中をかきまわし、十シリング紙幣を二枚取り出してテーブルに置いた。

「この子たちに」

姉妹は息を詰めた。いまにも母親の声が飛んできそうだ。『お金なんて結構！』だが、声はしなかった。ノーリーンおばは帰り、テーブルにはお金が残った。紙袋も椅子の上にのったままだった。

母親は宙を見つめて座っていた。まだ、紙袋を開けていいかきく勇気はない。

母親が身じろぎもしないので、とうとうマーガレットがしびれを切らした。「服を見てもいい？」

「好きにしなさい」

ふたりは、浮き立つ気持ちを抑えて、袋を静かに開けた。紺色のスカート、白いシルクのブラウス、赤い上着、そして、黄色いドレス……。

ドレスは、キンポウゲのような黄色いリネンでできていて、腰の切り替えの部分と袖に、白い凝ったレースが縫い付けられていた。

マーガレットは「まあ！」と声をあげ、ドレスを手に取った。スカートのところに、小さな紙がピンで留められていて、そこに大きく〝イザベル〟と書かれている。それを見たマーガレットは、さっきとはちがう調子で「まあ！」と声をあげた。母親は腹立たしげに叫んだ。ノーリーンおばが残したメモを、個人的な侮辱だとでも思っているかのようだった。

イザベルはすぐに、自分の取るべき行動がわかった。あきらめと、犠牲だ。実行に移すのは、思っていたよりつらかった。

「欲しいならあげる」

口に出すとほっとした。声を取りもどすことはできない。

「本気？　いいの？」

「うん。あげる」これ以上、同じ言葉を繰り返す気にはなれない。

「あら、いけませんよ」母親が静かにいった。「いけません。イザベルのドレスなんだから、イザベルが着なくちゃ」立ちあがりながら、独り言をいう。「いやな女！　なんていやな女！」母親は、両手で頭を抱えて、キッチンから出ていった。

姉妹は、ぽかんとして顔を見合わせた。

「ほんとにいいのよね？」

「いいってば。着てみたら？」

イザベルは確信していた。神さまの御恵み、心の平穏、安心。それは、どんなドレスよりも価値がある。

マーガレットについて寝室へ行き、着替えを手伝った。

「すごくかわいい」イザベルも同感だった。そして、譲ったことを少しも後悔していなかった。

「ありがとう、イザベル！」マーガレットは、イザベルを軽く抱きしめた。

「マーガレット、ドレスを脱ぎなさい」部屋の入り口から母親の声がした。「イザベルの服よ」

「でも、この子がくれたのよ」

イザベルもいった。「ノーリーンおばさんは気づかないわ」

母親は憎らしげにイザベルを一瞥《いちべつ》して、つかつかとマーガレットに近寄った。マーガレットは、なにが起こっているのかわからずに、ドレスを着たまま、無邪気な小さい女の子のように立ちつくしていた。糸の切れる鈍い音と、生地《きじ》が裂ける音がして、マーガレットは、平手打ちでもされたような悲鳴をあげた。

「最低！」イザベルは叫んだ。「最低、最低。これはわたしのドレスだったのに。お母さんには破る権利なんてないでしょ！　わたしのドレスよ。わたしがお姉ちゃんにあげたのよ。最低！」

母親は、ほっとしたように表情を和《やわ》らげ、寝室を出ていった。イザベルは、母親になにをされたのか理解していた。なじみ深い息苦しさがもどってくる。イザベルはまた、昔のイザベルにもどっていた。

マーガレットは下着姿でベッドに座り、破かれたドレスをなでてしゃくりあげていた。

「たかがドレスでしょ」イザベルはいった。自分はもっと大きなものを失ったのだ。

「うるさいわね。あんたは欲しくなかったんでしょ」

だが、なくなったのは、ただのドレスではない。もっと大きなものだ。その大きなものも、なくなってしまった。神さまの御恵みもなくなった。

そのとき、イザベルは気づいた。自分たち姉妹には、ドレスも、御恵みも、手に入れる資格がないのだ。

ガラスとその他の壊れやすいもの

キッチンでは、イヴォンヌおばとノーリーンおばが喪服《もふく》の相談をしていた。

「もちろん黒を着なくちゃ」イヴォンヌおばはいった。「自分の母親のお葬式よ！　選択肢なんかないわよ」

「お金は？」ノーリーンおばの声はいつもよりかすれていた。そして、いつもの突っかかるような調子があった。「わたしはお金を大事にしたいの。かわいそうに、遺産なんてろくになかったんだから。服を買ってあげるのはかまわないのよ。だけど黒い服なんて、ふたりの年齢を考えたらお金のむだよ」

「母親のお葬式よ？」

つじつまが合わない気がした。この場にふさわしい配慮をみせているのはイヴォンヌおばのほうなのに、お金を出すのはノーリーンおばだ。

イザベルは、本をひとつの箱にまとめているところだった。持っている本のほとんどは、ノーリーンおばの家に置いてもらう。本と離ればなれになることを思うと、はじめて、体が冷たくなるような悲しみが湧いてきた。イザベルは、イヴォンヌおばがノーリーンおばを説《と》き伏《ふ》せてくれますように、と祈った。悲しみに適切な服と適切な手順があるなら、気分も楽になる――みんなと同じようにすれば目立たずにすむ。

「わかったわよ、そうするわ。お昼がすんだらふたりをグレースの店に連れていきましょう。イザベルには靴も買わなくちゃ。ちゃんとした靴なんて一足も……」ノーリーンおばの声が小さくなり、そこで途切れた。

イヴォンヌおばが代わりにいった。「ふたりとも、まともな教育を受けられただけでも運がよかったわ」

死。胸の中でその言葉を繰り返す。まだ、〝死〟という言葉には、〝静寂〟という程度の意味しかない。こんなに邪悪な心から正しい感情が生まれるわけがない。この心は、これで自由になれるという期待に躍っている。新しい靴を買ってもらえることもうれしい。シェイクスピアや、バイロンや、キーツや、シェリーの本を抱えて、寝室に行った。マーガレットはベッドに座り、放心したような顔で泣いていた。涙は、静かに、そしてゆっくりと滴《したた》り、傷口からにじむ血のように見える。

「シェイクスピアをもらってもいい？　わたしのじゃないけど、持っておきたいの」

マーガレットは首を横に振った。大きな涙がふた粒、頰《ほお》をすべっていく。なぐさめの言葉をかけても意味がないだろう。こんなときにどうすればいいのか、だれかに教えてほしかった。

イザベルも、悲しんでいないわけではない。解放感の奥には、身がすくむような悲しみが潜んでいる。母親の死に対する悲しみではなく、母親の死を嘆くことができない悲しみだ。この悲しみはきっとこれからも自分と共にある。荷造りをしたり、新しい靴を選んだり、楽しい作業で気を紛らわせようとしたが、こんな状況では、どんな形の楽しみも作法にはずれている。自分の無作法な振舞いが、知らないうちにイヴォンヌおばを傷つけてしまったかもしれない。そう思うとこわくなった。

葬儀に出れば、自然と心を動かされて、まともな人間の仲間入りができるのだろうか。

「おばさんたちがキッチンで話してるのがきこえたんだけど、お昼がすんだらお葬式用の服を買いに行くみたい」

とたんに、マーガレットはしゃくりあげ、上半身を投げ出すようにして枕に顔をうずめた。「かわいそうな母さん。かわいそうな母さん」

自分にもあんな真似《まね》ができればいいのに。

葬儀がはじまっても思惑どおりにはいかなかった。はっきりしたことがひとつある。棺《ひつぎ》や、ロウソクや、聖歌や、生前の母親を誉《ほ》めそやす言葉や、生きているときには一度も会いにこなかったくせに、いまになって神妙な面持ちで教会や墓にやってきた親戚たちに囲まれて初めて、ようやく、母親もほかの人たちと同じだとわかったのだ。

棺が墓穴におろされていくのを見ながら、イザベルはすがるような思いで祈った。「なにか感じて！　なにか感じて！」なにかを感じるとしたら、これが最後の機会だ。ところが、努力の甲斐はなく、大輪の赤い花のような喜びが、青白い菊の中でめいっぱい花びらを広げるのがありありと見えただけだった。

儀式は役に立たなかったが、期待をくじかれたイザベルは、傍目《はため》にはしおらしく見えたのだろう。家にもどる車の中で、イヴォンヌおばが思いやりのこもったまなざしを向けてくれた。マーガレットをなぐさめていたおばさんは、ふと顔をあげてイザベルの沈んだ表情に気づき、嘆いていると勘違いしたようだった。

「さて」キッチンに集まってお茶を飲んでいると、イヴォンヌおばが切り出した。「するべきことに目を向けましょう。わたしとしては、この子たちをしばらく預かりたいわ。ふたりとも少し休んで、気持ちの整理をつけないとね」

「わたし、仕事をもらえるかも」イザベルは急いでいった。「明日、面接に行くことになってるの」

ノーリーンおばがいった。「でも、まだ専門学校にも行ってないじゃないの」

「速記とタイピングができなくても雇ってもらえそう。ドイツ語の授業で何度も優秀賞をもらったから。ドイツ語の手紙を翻訳できる人を探してるのよ」

「そう」イヴォンヌおばははっきりしない顔でため息をついた。「それが一番いいかもしれないわね」

「速記とタイピングを習うって約束してちょうだい」ノーリーンおばは厳しい顔でいった。

「住むところはどうするの？」イヴォンヌおばはイザベルにたずねながら、牽制《けんせい》するような視線をノーリーンおばから離さない。

イザベルは一瞬言葉に詰まった。ノーリーンおばは、同情を湛《たた》えた顔でじっと黙っている。

「どこかに下宿するわ」

「それもいいかもしれないわね」イヴォンヌおばは、疲れた様子でこめかみをもんだ。「越す前にわたしが下見に行くわ。家具をそろえておきたいから」

「マーガレットの仕事はどうするの？」ノーリーンおばの声には険《けん》があった。

「たいそうな仕事でもないでしょう？　辞めてもかまわないと思うけど。この子ならもっといい仕事に就《つ》けるわ」

「まあ、そうね」マーガレットは反論する素振りも見せない。「ふたりとも、手元に残しておきたいものを選んでちょうだい。うちに置いておくから。残りは業者に引き取ってもらいましょう」

ふいに涙があふれ、イザベルは驚いて頬をぬぐった。いくら考えても、欲しいものも、手元に置いておきたいものも思いつかない。財産と呼べるようなものは本くらいだ。そう考えると涙は乾き、気分はいっそう暗くなった。

イヴォンヌおばがいった。「シーツとかタオルとか食器にも目を通しておきましょう」いいことを思いついたおかげで、打って変わって明るい声だ。「そういうものはいつでも役に立つんだから」

イザベルとマーガレットはきまりが悪くなった。イヴォンヌおばのせいではなく、次々と暴かれていく自分たちの貧しさのせいだ。ノーリーンおばは、かすかな、けれど深いさげすみのこもった視線をイヴォンヌおばに投げた。イザベルはその視線に気づき、それを胸の奥にしまいこんだ。いつもと同じことをしただけだ。イザベルは、外の世界から近づいてくるものを、すべて胸の奥にしまいこむ。

マーガレットとイヴォンヌおばは、タクシーの後部座席に並んで座っていた。母親と娘のように見える。マーガレットはイヴォンヌおばの家で暮らすことになった。夢みるような表情を浮かべて、たったいま愛の告白を受けたばかりのようだ。イザベルは助手席に座っている。

タクシーは、ふたりのおばが見つけてくれたイザベルの下宿先に向かっていた。きちんとしたところで、同い年の友人もできるはずだ。イザベルを送ったあと、イヴォンヌおばとマーガレットは駅に向かい、列車で家に帰る。

「住所は100の5よ」イヴォンヌおばが運転手にいった。車が速度を落とし、イザベルたちは窓から外をのぞいて、家の番地を確かめた。イザベルは、胸が高鳴って呼吸が浅くなっていた。「ここだわ」到着したのは大きな家だった。二階建ての赤レンガ造りで、手入れの不十分なせまい芝生を見下ろすように、出窓がいくつも張り出している。

イザベルは車を降りた。運転手がトランクからスーツケースを出して、舗道に立つイザベルの足元に置く。

「さあ」イヴォンヌおばがいった。

一瞬、間《ま》が空いた。なにかを待ち受けるような空気が流れる。だが、イザベルもマーガレットも、なにを期待されているのかわからなかった。ふたりは、ぎこちなく向かい合って立っていた。イヴォンヌおばの顔に戸惑いが浮かぶ。これまでたくさんの人たちが、同じ表情をイザベルに向けてきた。なにがいいたいのかは、いつもわからなかった。

「さあ」イヴォンヌおばが、やけに朗らかな声で繰り返した。「来週の日曜日までのお家賃は払ってありますからね。領収書は持ってるでしょう？」

「ええ、おばさん」イザベルは付け加えた。「ありがとう」家賃を払ったのはノーリーンおばだろう。それでもお礼の分だけ沈黙を埋めることはできる。

「ノーリーンが家具のお金のことで連絡しますからね。クリスマスに会えるのを楽しみにしてるわ」

イザベルはうなずいた。

マーガレットがイザベルの頬に顔を寄せる。

「じゃあね」

「じゃあね」

これは終わりの言葉ではなく、始まりの言葉だ。イザベルはスーツケースを持ち上げ、玄関のドアまで歩いていってベルを鳴らした。

これからが始まりだ。

ドアを開けてくれたのは、背の高い年配の女性だった。血色のいい頬に、赤い髪。バウワー夫人にちがいない。この下宿の大家だ。

「あなたがイザベルね?」

夫人の顔には、年齢が刻みつけた皮肉っぽい笑みが浮かんでいた。愛想のない声がその顔にぴったりだ。それでも、言葉だけはイザベルを歓迎している。

「入ってちょうだい。みんな待ってたのよ。鞄は廊下に置いて。ちょうどお茶が入ったところだから。部屋は二階よ。階段を上がってすぐの右側で、ドアを開けてあるわ。ひとりで行けるわよね。わたしは足が痛いから階段を使わないの。上がる前にお茶を飲んでいらっしゃい」

イザベルは夫人について廊下を進んでいき、広々とした明るいキッチンに入った。年を取った女の人がひとり、テーブルについて豆のさやをむいている。いや、さやむきの手を休めているところらしい。にごった塩水のような灰色の目はうつろに遠くを見つめている。生きた砂糖菓子のようで、大きく柔らかそうな体つきはホイップクリームでできているようだ。てっぺんに、綿毛のような白髪がふわりとのっている。

「お友だちのプレンダギャスト夫人よ。プレンダギャストさん、こちらのお嬢さんはイザベル。ローズマリーの部屋を使ってもらう方よ。お母さまを亡くされたの。ほんとうに、お気の毒だったわね」バウワー夫人の言葉にイザベルは不意を突かれた。

イザベルは喪服を着たままだった。ノーリーンおばは、別の機会にも着られるからといって、結局黒いスカートを買ってくれた。それから、イヴォンヌおばの反対を無視して、白い水玉模様の黒いブラウスも買ってくれた。イザベルは、バウワー夫人の言葉をきくまで、自分が喪服を着ていることをほとんど意識していなかった。どのみち、ほかに着る服はなかった。

空《くう》を見つめていたプレンダギャスト夫人が、イザベルのほうを向いた。「急なことだったらしいわね。どうして亡くなられたの？　心臓？」

バウワー夫人がさえぎった。「そんな話、やめてあげてちょうだい。さあ、座って。お茶はどんなふうに飲むのが好き？」

「ミルクはいりません。ありがとうございます」

気おくれしてまともに話せなかったが、気の毒な孤児は大目に見てもらえるらしい。お茶を飲み、ケーキを食べるあいだ、イザベルはそっとしておいてもらえた。夫人たちは、ふたりでおしゃべりをしていた。

「ごちそうさまでした」イザベルは茶碗を置いて席を立った。

「夕食は六時半よ。食卓はとなりの部屋。そこのカウンターから見えるでしょう。バスルームは二階の廊下の突き当たり。リネンの交換は日曜日の朝。家の中は、あとでマッジに案内させるわ。ああ、わたしの娘のことね」バウワー夫人は、感情を抑えたようなかたい声で付け加えた。

プレンダギャスト夫人は、友人の声の調子に気づいて、心配そうにいった。

「マッジは、まだあんな人たちと付き合ってるの？」

バウワー夫人は肩をすくめた。「害はないでしょう」

イザベルは、スーツケースを二階に運びながら首を傾《かし》げた。一方の夫人が眉をひそめ、もう一方の夫人が皮肉っぽく一蹴《いっしゅう》する相手とは、どんな人たちだろう。なんにせよ、マッジという子は奔放《ほんぽう》なところがあるらしい。いわゆる〝尖《とが》っている〟子なのかもしれない。階段の上に、開いたドアが見えた。自分の部屋に入って、ドアを閉める。ありふれたせまい部屋だが、なにもかも素晴らしくすてきに見えた。ベッド(マットレスが少したわんでいる)、椅子(クッションなしの木の椅子だ)、色褪《いろあ》せた花柄のカーテンがかかった窓(自分だけの窓)、衣装だんすと化粧台がひとつになった家具(運よく手持ちの服は多くない)。隅の暖炉には造花を生けた花瓶が置かれているので、もう火を入れることはないらしい。上の棚は本棚にちょうどいい。イザベルはスーツケースの中から真っ先に本を出した。キーツ、シェリー、バイロン、シェイクスピア、それから、図書館で借りたトロロープの『バーセット最後の年代記』。借りた本を未練がましい目で見る。トロロープの小説はこれまで何冊も読んできたし、読んでいないときでも、外の世界でなにが起こっていようと、常にバーセットシャーから逃げ出した人たちのことが頭にあった。だが、本を開きたいという誘惑を振りきって荷解きを進めた。ささやかな野望があるからだ。ほんものの生活を始めたい。普通の人と同じようになりたい。こんなふうに生きるのだという自分だけの理想を叶《かな》えたい。部屋の姿をした理想に、家具の姿をした理想を選ぶ。その生活には、激しい怒りも、後ろ暗い情熱も、世界からの執拗《しつよう》な殴打もない。スーツケースから、新品の目覚まし時計が入った箱を取り出す。ちゃんとした自分を手に入れるためのおまじないだ。ねじを巻いて化粧台に置く。とたんに笑いがこみあげてきた。最後に時間を確かめたのは一時間も前で、いまが何時なのかわからない。しくじりのせいで、おまじないにケチが付いたような気も、もっとおまじないらしくなった気もする。

服を引き出しにしまいながら鏡をのぞきこむ。幸福と期待でいっぱいになっているせいか、普段なら生まれた時にかけられた呪いのように母親とそっくりな顔も、いまは気にならない。結局のところ、顔はただの……ただの手袋みたいなものだ。怒っているからといって、怒りにまかせてくしゃくしゃにすることはない。自分の顔は好きになれなかった。『ペキニーズ犬のソネット』の挿絵そっくりね――鏡の中の自分にいってみると、楽しい気分になる。自分の顔を物でも見るかのようにしげしげと観察してみる。ふと、名前を変えてみようか、という気になった。メーブだ。メーブ・キャラハンは、きっと落ちついていて、おだやかで、静かな自信にあふれた女の子だろう。

夕食を知らせるベルがきこえた。イザベルは、現実の人びとに会いに下におりていった。

一番先に着いたので、隅に下がり、ほかの下宿人たちが入ってきてテーブルにつくのを待つ。男の人が三人――ひとりは中年で、ふたりは自分と同い年だ。女の人がふたり――若いほうがバウワー夫人の娘にちがいない。奔放だと決めつけてしまうなんて、とんでもなかった！　奔放という言葉からイザベルが連想していたのは、小さく優美な翼で舞い上がり、空を自由に飛びまわる立派な彫像《ちょうぞう》だ。マッジはそれとはほど遠かった。もうひとりの女性は、年配というべきなのかもしれない。髪に白いものがまざっている。だが、顔はロマンス小説のヒロインのそれだった。繊細《せんさい》な顔立ち、切れ長の青い目、ふっくらした唇。

声をかけてきたのはその女性だった。「はじめまして、新しく入ってきた方ね。お名前は?」

結局、「メーブ」と答えることはできなかった。どうせばれてしまう。冷ややかな目でこういわれるのがおちだ。「まさか、あんたはメーブじゃない。あんたはイザベルよ」

「イザベル・キャラハンです」

「マッジ、この子がローズマリーの部屋を使うのよね」

マッジがうなずく。

「じゃあ、こっちにどうぞ」

イザベルの席はテーブルの一番はしで、年長の女性とマッジにはさまれていた。年配の紳士(紳士という言葉はこういう男性のためにある)は、もう片方のはしに座っている。紳士は、女性からワトキンさんよ、と紹介されると、軽く会釈をして、かすかに微笑んだ。

「わたしはベティ。そこにいるふたり組の不良は、ティムとノーマン」

ティムは快活そうな青年で、血色のいい頬と厚い唇をしていた。ノーマンはレンガ色に日焼けをしていて、骨格ががっちりしている(イザベルは、この人にさわってみたらどんな感じなのかしらと考え、恥ずかしくなってその思い付きを頭から追いやった)。

ふたりは、フットボールの話をしながら部屋に入ってきて、食卓についても話をやめなかった。会話を中断したのは、イザベルに会釈をした一瞬だ。彼らくらいの年頃の若者がいるから、この下宿がイザベルにちょうどいいと判断されたのだが、当のふたりはそんなことには無頓着《むとんちゃく》だ。

「仲がいいこと」ベティがいった。まさにメーブ・キャラハンがいいたかったことだ。

「五対二で、こっちがサウスリーグを叩きのめすな」ノーマンがいった。

バウワー夫人がキッチンの側《がわ》から配膳棚の戸を開けて、スープの皿をカウンターに並べはじめた。マッジが立ちあがり、皿をテーブルに運ぶ。やっぱり立派な彫像のように大きくはない。それでも、立派な彫像のように静かで貫禄《かんろく》がある。透明な法衣《ほうえ》でも着ているかのように動き、スープを配って歩く姿は、宗教的な儀式でも執り行なっているようだ。

メインの料理が出るころ、若者たちの話題は、フットボールから、銀行に入った見習いのかわいい女の子の噂話になった。スタイルのこと(ノーマンは、言葉でうまく説明できないときには、宙に絵を描いた)、顔のこと(わりとかわいいか、ものすごくかわいいか、どちらからしい)。総じてその子は、美人で、優秀で、魅力的なようだった。イザベルとは正反対の女の子だ。わかりきった事実だというのに、それでも悲しい気持ちになる。

しばらく黙ってきいていたベティは、とうとう子羊のローストから顔をあげて、からかうような口調でいった。「わたしたちじゃなくてその子にいえばいいじゃないの」

ノーマンが答えた。「作戦会議だよ」

「首尾は忘れずに教えてちょうだい。振られたかどうか気をもむのはいやよ」

きついひと言にノーマンは言葉に詰まったが、気を悪くした様子も見せずににやりと笑った。これ、会話なの？　それともお芝居？　イザベルは戸惑った。

子羊のローストのあとは、カスタードを添えた缶詰の桃が出た。マッジはキッチンから出てくるデザートを全員に配り、空になった皿を配膳棚に重ねた。

夕食が終わると、ベティが、テーブルを拭いているマッジに声をかけた。「イザベルの案内はわたしがするから、出かけたいなら行ってらっしゃい」

マッジの反応はささやかだった。かすかに口元をゆるませ、ほんの少しうなずく。それでも、押し隠した喜びがちらりとのぞいた。

ノーマンが口をとがらせる。「カードはなしか?」

「すぐすむわよ」ベティはイザベルを振り向いていった。「あの子たち、ブリッジを習ってるところなの。あなた、カードはやる?」

「いいえ。一度もやったことがありません」

どうか誘われませんように、と心の中で願う。

「ワトキンさんは上手よ。下手なわたしたちにもちゃんと付き合ってくれるの」

「ベティ、それは謙遜《けんそん》というものだよ」ワトキンさんは、優雅に軽く頭を下げた。「あとのふたりもどんどん上達している」ベティはワトキンさんににっこりして(なんて美しい笑顔!)、イザベルを連れて階段に向かった。

「じゃあ、始めるわね。使ったシーツとタオルは日曜の朝に洗濯室に持っていくこと。怠けちゃだめよ。シーツの交換だけど、わたしは自分でやってるわ。マッジを助けたいから——ミセス・Bは足を言い訳にして二階の家事をしないのよ」ほんとに痛いのかしら、といいたげな口ぶりだ。「モップとはたきはこの棚にあるから、使いたければどうぞ。バスルームはこっち――朝に使いたいなら、早起きして先を越されないことね」

「何時くらいかしら」

「六時半より前。朝食は七時十五分で、八時までにはみんな仕事に行くわ。あなたもよね」

「明日から始まるんです」

「そう。じゃ、次は禁止事項――夜に自分の部屋にこもるのは禁止よ。ミセス・Bが電気代に目を光らせてるから。玄関の鍵はもらった？　一本もらっておいたほうがいいわね。戸締まりは九時半か、バウアー夫人かマッジのどっちかが家に帰ってきたときだから――夕食のあとの何時になるかはその日次第。次はアイロンのこと。アイロン代は間借り人の負担よ。バウアー夫人はアイロンをしまいこんでいて、一時間借りるときも、一回分お願いするときも、二シリングかかるわ。どっちも同じお金だし、時間を節約したほうがいいわよね。洗濯も同じ。こっちは無料だけど、いつまでも洗濯室でぐずぐずしないでね。先にいっておくけど、食事は結構おいしいわ。これくらいじゃないかしら。なにかいい忘れてたらきいてちょうだい。わたしはもう下におりるわね。どこかの紳士がゲームを楽しみにしてるから」

荷解きをすませるために部屋にひとり残されたイザベルは、これで読書灯を使う夢も、夜に部屋でひと息つく夢も叶わなかったと残念に思いながら、ベティがいい忘れた一番重要なことに考えをめぐらせた。どうすればベティのようになれるのか教えてほしかった。落ちついていて、親切で、自分を持っていて、一風変わったマッジと普通に会話ができて、無作法な若者たちを適当にあしらうことができる(あんなに美人で優雅ならそれもたやすいのかもしれない。美しさも優雅さも、イザベルには縁遠いものだ)。ベティのあの物腰は、四季を通じて変わらないだろう。これからは、メーブの四季が始まる。ゆっくり学んで真似をすればいい。

肌着をみんな引き出しにしまうと、ひと息ついて、どうすれば行儀よく振舞えるのか思案した。いいえ、トロロープを食卓に持っていくのはだめ。まだ初日の夜なんだから。この調子だと、ミスター・クローリーがどこで小切手を手に入れたのかわかるのは、まだ先のようだ。

いま大事なのは、行儀よく振舞うことだ。イザベルは食卓のある部屋におりていって、ブリッジを見物した。

間借り人たちはゲームに夢中になっていた。イザベルが入っていくと、ちらっと顔をあげて忙《せわ》しなくうなずいてみせ、すぐにカードの吟味《ぎんみ》にもどる。若者たちはむずかしい顔をしている。まるで命でもかかっているようだ。だれかがカードを出すたびに、ワトキンさんが修正して手札を分析し、男の子たちになにがまずいのか説明する。おだやかで威厳《いげん》のある口調だった。

イザベルはあくびをしそうになったが、あくびは行儀のいい振舞いとはいえない。トロロープを持ってきても、だれもかまわなかったらしい。ふいに、我慢できないほど大きなあくびがこみあげてくる。ほんもののあくびだ。くたくたに疲れていた。嚙《か》み殺《ころ》そうとしてもできなかった。

ベティが顔をあげて微笑んだ(女神みたいだ)。「もう寝る？　長い一日だったものね」イザベルはうなずきながら、なおもあくびをこらえて、ギリシャ神話に出てくるラオコーンの像のようなしかめつらをしていた。

「いつもは十時ごろにお茶を飲むのよ。よかったらどうぞ」

ラオコーンは、力を振り絞って首を横に振った。

「じゃあ、また朝食のときに。七時十五分よ」

リンガード・ブラザーズ輸入会社は、ピット通り沿いに建つ小さなビルの二階にあった。翌朝の八時半、メーブ・キャラハンは二階に続く階段をのぼっていった。シャワーを浴び、髪をとかし、きちんとした服を着た姿で、〈リンガード・ブラザーズ輸入会社〉と書かれたドアを開ける。ドアの向こうの小さな部屋にはデスクが四つ並び、そのひとつひとつにタイプライターがのっていた。オイルクロスのカバーがかかっている。若い女の人がひとり、うしろのデスクのわきに立ち、書類を整理していた。

「ミス・キャラハンね？　ウォルターさんはお部屋にいらっしゃるわ。案内するわね」声をひそめているわけではないが、ウォルターさんの地位に畏《かしこ》まっているように静かな声だ。面接で会ったとき、あの小柄な男の人は、神経質で落ちつきがなかった。女の人はウォルターさんの部屋のドアを遠慮がちに叩き、中をのぞいて声をかけた。「いまよろしいですか？　ミス・キャラハンがいらっしゃいました。今日から働いてもらう方です」

ウォルター氏は忙しそうだった。「少し待ってくれ。キャラハンさん、どうぞ掛けて。オリーヴ、ありがとう」

ウォルター氏は、手紙を畳みながら終わりのほうを読み、それをデスクに置いて顔をあげた。

「さて、キャラハンさん。あなたの仕事だが、ご承知のとおり、ドイツ語の手紙の翻訳だ。当面の急務だからね。ほかの事務仕事についてはオリーヴの指示に従ってくれ。だが、とにかく手紙を優先してほしい。わかったね」

「はい、もちろんです」

「よろしい。ほかのことは、未処理の取引が片付くまで後まわしでいい。ただし、小口の支払いのために置いてある釣銭の管理は別だ。それくらいなら、翻訳と同時にできるだろう」

「ええ、大丈夫だと思います」

「よし。責任の重い仕事だよ」ウォルターさんは、黒い漆塗《うるしぬ》りの箱を手に取り、手紙のファイルの上にのせて、イザベルのほうに押しやった。

「領収書の用紙はその箱の中だ。お釣りを渡すときは、かならず領収書を受け取ること。それから、箱の鍵はきちんと管理しておくこと。毎週金曜日の朝に収支を計算して、リチャードさんに報告しなさい。足りない分はきみの週給から引く」

「多すぎたときにはいただけます?」

余計なひと言だった。

気の利《き》いた台詞《せりふ》をいったつもりだった。笑ってこう返してくれると思ったのだ。「まさか、多すぎることはない」そうすればイザベルもこう返せた。「それなら、少なすぎることもないように願います」

ところがウォルターさんは、狼狽《ろうばい》して目を見はり、口ごもりはじめた。イザベルは、余計な軽口をたたいた後悔を噛みしめていた。

「いや、まあ、多すぎるということは……リチャードさんが、その……リチャードさんが……先に釣銭を増やしてしまって……うっかり忘れていれば……」

「そんなことはなさそうですね」助け舟を出すような口調が、またウォルターさんの神経に障るだろう。だが、どうしようもない。

ウォルターさんはベルを押した。その仕草で少し元気を取りもどし、ベルをきいたオリーヴがやってくると目に見えて元気になった。

「オリーヴ、ミス・キャラハンを頼んだよ。面倒を見て、仕事のこつを教えてやってくれ。くれぐれも、ドイツ語の手紙を優先するように」

「かしこまりました」

オリーヴは、場にふさわしいよそゆきの声を装っていたが、タイプライターの部屋にもどる途中でその装いをするりと脱いだ。部屋にはふたりの女の子がきていて、タイプライターのカバーを取っていた。

「みんな、こちらイザベル。リタとネルよ」

リタはジプシーのような風貌《ふうぼう》の女の子で、白い歯の目立つ笑顔をイザベルに向けた。ネルは小柄で、肌は淡い褐色、顔にはそばかすが散っている。握ったこぶしのような、愛嬌《あいきょう》のある顔立ちだ。オリーヴは、聖母を連想させるような淑《しと》やかで美しい顔立ちをしていた。上半身はきゃしゃだが、腰まわりと脚はたくましい。彫刻家が、ふたつの像の上と下をくっつけるときに、組み合わせを間違えたように見えた。

「これがあなたのタイプライターよ。紙とカーボン紙はこの引き出し。ウォルターさんの好みだと、はさむカーボン紙は一枚ね」

「でも、わたしタイプはできないんです」

オリーヴは驚いた顔になった。

「できなくてもかまわないというお話だったんです。ドイツ語が読めるならいいといわれました」

「じゃあ、できるだけがんばってみて。紙をセットしてあげましょうか？」

「お願いします」

「カーボン紙はこっちの面が上だから、忘れないで。つやつやした面が自分のほうを向くようにして紙押さえにはさむの。上の余白は気にしないで。紙がまっすぐになるように注意してちょうだい。さあ、どうぞ！」

ひとり残されると、イザベルは、信用ならない怪しげな機械を横目で見ながら、手紙をはさんだファイルを開いた。それからの四十分は幸福な時間だった。手紙を書き送ってきたヴォロチック氏というチェコスロバキアのガラス職人に会い、無数の不運に見舞われた彼に同情した。不運が立てつづいたせいで荷物の輸送が遅れ、ヴォロチック氏の出費はかさむ一方だった。『大家族の主としては非常な痛手です』。子どもは何人いるのだろう。イザベルは、家族写真を思い浮かべた。腰かけたヴォロチック氏は、堂々としているが気がかりそうな表情で、カラーを付けてネクタイを締めたスーツ姿、となりには小柄で心配性の妻がいる。ふたりを両わきからはさんでいるのは、年少の子どもたちだ。ひとりは男の子で、もうひとりは女の子。ふたりとも、とうに時代遅れになったそろいのセーラー服を着ている。イザベルはそこでふとわれに返り、仕事にもどった。ドナウ川で難破した船(沈んでしまったのだろうか)には、ヴォロチック氏が預けた商品が積まれていた。その船が問題の商品を届けてくれるだろうというヴォロチック氏の期待はくじかれた。イザベルは考えこんだ。ドナウ川は現実のものだ。ついでにいうなら、難破も現実のものだ。このすべてを結びつけたのが、輝くボヘミアガラスだ。会社のある建物には専用のショールームがあって、真ん中に据《す》えられた長いテーブルにはボヘミアガラスがずらりと並べられてある。

とうとう、あの瞬間がやってきた。タイプライターと向き合うときだ。イザベルは、途方に暮れて機械をにらんだ。

この感情には覚えがある。乗り切る方法もよく知っている。学校の体育館を思い出せばいい。大の苦手だった平行棒に取り組むときは、わざと気取って歩いていき、皮肉をこめたおじぎで同級生たちの皮肉っぽい拍手に応えてみせたものだ。

イザベルはうしろを振り向き、わざと澄ました声でいった。「だれか、この機械から大文字を引っぱり出す方法を教えてくれない？」

リタと紹介された女の子がこちらにきて、声をあげて笑った。「面白い子ね。ほら、ここを押すの。ちょっと待って！」つまみをまわして紙とカーボン紙を引き抜き、書き損じの紙を取ってくると、それを紙ばさみにはさんだ。「見ててね。スペースを空けるバーはここ。大文字はここ。大文字を出したいときは、いまと同じようにして。やってみるわよ。『茶色のすばやいキツネがなまけものの犬をとびこえた〔文字やタイピングを習うための文章。二十六文字のアルファベットがすべて使われている〕』。やってみて。そうそう。今度は紙をうしろに送って。ここの小さいレバーを倒すのよ。前に倒すと紙ばさみが開いて、うしろに倒すと閉まるの……どう？わかった？」

同僚の鮮やかな手つきに面食らって自信をなくしたが、イザベルはうなずき、仕事に取りかかった。ヴォロチック氏の不安な胸の内を英語にして、四苦八苦しながら紙に打っていく。同じ部屋のだれよりも、ヴォロチック氏のことを身近に感じた。

さっきまで親切だったリタが、くすくす笑った。たどたどしくキーを打つ音がおかしいらしい。

「我慢できなくて。蛇口の水漏れみたいな音なんだもの！」

イザベルはやり返した。「水漏れで悪かったわね」

「ただの冗談よ」

学生にもどったようだと思えば我慢できたが、がっかりもしていた。働きはじめれば環境も変わるとばかり思っていた。ページの三分の二をどうにか埋め終えたときだ。背後に人の気配を感じて、反射的にキーを叩く手を速めた。

「もっと速く打てないのかね」

甲高い声からネズミのような風貌の男性を想像して顔をあげると、そこには大柄な男の人がいた。肌はクモの巣のように灰色で、顔は血色が悪い。お尻のようにたるんだ頬の上に、打ちひしがれた暗い目がある。

「リチャードさん」オリーヴが急いで声をかけた。「イザベルはこれまでタイプライターを使ったことがないんです」

「アルファベットの場所を探してるんです。すごく変わった並び方をしてますから」

うしろから呆《あき》れたような忍び笑いがきこえた。女の子たちにとって、タイプライターというのは敬意を払うべきものらしい。

リチャード氏も、イザベルの言葉をぶしつけだと思ったようだ。

眉をひそめて大きなため息をつき、渋い顔のまま離れていった。

なにがいけなかったのだろう。

時どき、自分が見えないナイフを持っているような気がする。知らないうちに人を傷つけてしまう。

それでも、タイプライターのキーは、ほんとうに変わった並び方をしているのだ。

オリーヴがいった。「気にしないでいいのよ。仕事に集中して。リチャードさんは……」なにかいいかけて口をつぐんだ。

しばらくするとリチャード氏がもどってきて、最初の手紙を訳し終えようとしていたイザベルをうしろで見張りはじめた。

わたしがいるのはここじゃない。わたしは、チェコでヴォロチックさんと一緒にいる。つまみをひねって紙を引き抜き、一枚目の原稿の上に置く。リチャード氏は、物もいわずに原稿を取っていった。同僚たちを振り返ると、どの子もそろってうつむき、イザベルと目を合わせようとしない。

『わたしがなにしたっていうの？』声に出して叫びたかったが、代わりに二通目の手紙に取りかかった。半分ほど読んだところで、ある言葉につまずいた。ザイル《Seile》という単語だ。ザイルってなんだった？　意味はわからないが、ザイルがゲロカート《gelockert》して、災難が起こったようだ。

「ドイツ語の辞書はある？」

「まさか。持ってないの？」

体を押し流しそうな恐怖が襲《おそ》ってくる。おぼれそうだ。「ないわ。持ってこようだなんて思いもしなかった」

初日にクビになるのだろうか。まだお昼にもなっていないというのに。上司をふたり怒らせ、タイプライターが使えなくて恥をかき、ドイツ語もできない。気の毒そうなオリーヴの表情にもなぐさめられない。わからない文章をにらんで、解読しようとむだな試みをする。『またしても災難です！』手紙の中ではヴォロチックさんが叫んでいた。なにか災難があって、ガラスが割れたのだ。とにかく、風のせい《ヴィーゲン・デス・ウィンデス》でなにかが起こったのだ。ドナウ川は危険だ。イザベルにとっても危険だ。ヴォロチック氏は悲嘆に暮れ、イザベルは泣き出したくなった。

「あと十分でランチよ」オリーヴがいった。「辞書を買いに行ってきたら？」

「そうしたほうがよさそうね」

何日か前、ノーリーンおばは、地理の話でもするように冷静な口調でお金の話をした。「一ポンドちょっとは手元に置いておいて、最初の二週間はそれでやりくりしなさい。バス代とかランチとかでお金が要《い》るでしょう。困ったらまたいってちょうだい」

イザベルは、ノーリーンおばにどれだけ借りがあるのか考えてみた。喪服、靴、二週間分の家賃、雑費の五ポンド。イザベルはそこから一ポンド五シリングを取っておいた。まだ、一ポンド二シリング残っている。賢い判断だったが、それでも辞書を買うには足りない。しばらく、昼食は抜きだ。これからは昼休みになったら外に出よう。そうすればランチのお金がないことを知られずにすむ。

同僚の女の子たちは、タイプライターから離れて伸びをし、ランチに行く準備をしていた。イザベルも席を立って通りに出ると、ダイモックス書店に向かった。一ブロック半ほど行ったところで、ふと足が止まった。なにか期待していたわけではない。いつもの癖《くせ》で、古書店の入り口に置かれた値下げ本のかごをのぞいただけだ。どんな状況だろうと、書店に二シリング均一のかごがあれば、素通りするわけにはいかない。そのとき、赤と黒と金の背表紙が目に飛びこんできた。すぐには信じられない。だが、間違いない。

　ランゲンシャイトドイツ語辞典だ。ペーパーバック版の、くたびれて表紙も取れたランゲンシャイトだ。イザベルは辞典をめくった。安堵《あんど》で一気に力が抜け、かえって妙に冷静だった。ザイル《Seile》の項を見る――〝ロープ〟だ。ゲロカートの意味も思い出した。そうだ、ゲロカート《gelockert》は〝ゆるんだ〟だ。辞典を持って店に入る。店主は、皮肉っぽい目付きでちらっと辞典を見ていった。「代金はいい。持っていきな」

「ありがとうございます」ああ、ありがとうございます、マリアさま。

　こんな時だけマリアさまに感謝するなんて、いかにも虫のいい無神論者のイザベルらしい。結局、イザベルはイザベルだ。メーブの芝居も、たいして長くは続かなかった。

　店主の皮肉っぽい表情で(親切心の裏返しだ)、辞書のありがたみはいっそう増した。抱えた辞書が、美徳の象徴のように思えてくる。お守りの石と同じだ。幸運をもたらしたこの辞書が美徳だとするなら、悪徳も不運のひとつでしかなく、貧しさもただ、人間にはうかがい知ることのできないなにか大きな存在が犯した過《あやま》ちだ。貧しい者たちは、その過ちを恥じて隠しておかなければならない。だが、美徳に巡りあえるうちは、悪徳や貧しさにも耐えられる。

　午後は平和に過ぎた。蛇口の水漏れのようだったタイピングは速くなり、ドイツ語にびくびくすることもなくなった。リチャード氏は二度やってきた。一度目は終わった手紙の修正をして、二度目は、終わっていない手紙を見て苛立《いらだ》たしげなため息をつき、イザベルが最後の行を打ち終えるまでうしろで待っていた。

わたしがいるのはここじゃない。わたしはチェコにいる。

五時になると、みんなはタイプライターにカバーをかけ、家に帰る用意を始めた。オリーヴが声をかけてきた。「イザベル、リチャードさんのことは気にしないで。悪気はないのよ」

リチャード氏には悪気があるが自分たちにはどうしようもない、といいたいのだろう。「もちろん、気にしてないわ」イザベルは、恥ずかしそうな顔を作った。「わたし、ずっと見ていたくなるくらい自分が魅力的だなんて知らなかった」

オリーヴは面食らった顔になった。「そうね、そういう見方もできるわね」あいまいな口調だ。

「あなたって変わってる」リタがあくびをした。「みんな、また明日ね」

イザベルはドイツ語の辞書を引き出しに入れ、密《ひそ》かな愛情をこめてぽんと叩いた。辞書がくれた美徳が、今日起こったいやなことを明るく照らしてくれていた。

その日の晩も読書はできなかった。夕食のあいだは眠たげな顔にならないように気をつけるのがやっとで、食事がすむとすぐに休んだ。

翌日は何事もなく過ぎた。リチャード氏は休みで、翻訳の速度も上がった。手紙はあと二通だ。

その日の夕食にはベティがいなかった。若者ふたりが普段より静かなのはおかしな感じがした。騒々しいふたりをたしなめるのは、いつもベティだ。夕食が終わるとふたりは出かけていき、マッジもいなくなった。食卓に残ったワトキン氏は、新聞のクロスワードパズルを始めた。イザベルは部屋から本を持ってきて、その夜は、バーセットシャーで幸福に過ごした。

翌日は、午前中のうちにドイツ語の手紙を訳し終え、午後は倉庫で送り状の確認をした。倉庫管理人のフランクが、ガラス製品の梱包《こんぽう》を解いていく。

「彫刻付きのボヘミアグラスが六つ、脚有り。色、青。0－234、六つ、右に同じで色はライラック。0－235。六つ、右に同じで色は透明……」

フランクは、清潔な身なりの小柄で朗らかな男性で、偶然見つけたあのドイツ語辞典のように、幸せな空気をまとっていた。美しいグラスを、危なげない丁寧な手つきで扱い、リチャード氏のことを〝ひよっこ〟と呼んだ。

「この職場ではあのひよっこのいうことを信じるんじゃないぞ。あいつは疫病神《やくびょうがみ》だ」

イザベルも、内心そうじゃないかと考えていた。

「悩める魂を抱えていて、それがグラスにまで影響するんだ。グラスがひとつ割れると、あいつはさらに悩む羽目になる。金がむだになるからな」

「悩める魂ならわたしにだってあるかも」イザベルは急いで言葉を継いだ。「あなたは？」

「ある者と、ない者がいるんだ」

フランクは、バラ色のゴブレットを荷造り用の藁《わら》から取り出し、布で手早く丁寧にぬぐって光にかざした。

「きれいだ」

「最高級じゃないけど、確かにきれいね。番号は？」

きれいなグラスと、気楽な会話と、聡明《そうめい》で飾り気のない同僚のおかげで、午後は心地よく過ぎていき、その日は驚くほど早く五時になった。


プラマー通りではなく、自分の家の大きなキッチンでくつろいでいると、ノーリーンおばの印象はちがって見えた。

ノーリーンおばはテーブルについている。窓から射しこむ日の光が、つやつやしたシルクのシャツを輝かせていた。シャツに合わせて、黒い細身のパンツをはいている。少しも滑稽《こっけい》には見えない。いまなら、頰のこけた骨ばった顔を見て、この女性は不器量なのだろうか器量よしなのだろうかと、首をひねる人もいないだろう。

「下宿代を払うと、一週間に使えるのは十二ポンドと六シリングね。贅沢《ぜいたく》はできないわ。専門学校に申し込んでおきましょう。今学期分の小切手を送っておくから」

「でも速記は必要ないし、タイピングだって間に合ってる。ドイツ語の手紙を訳すときに使ってるもの」

「二本指でね。その打ち方を続けてると、いつまでたっても正しい打ち方が身につかないわよ。それに、もしいまの仕事がなくなったら？　次の勤め先は？　いうとおりにして、資格は取れるうちに取っておきなさい」

「そんなにお世話になれない。厄介者《やっかいもの》になりたくないの」

「まあ、それは……」ノーリーンおばは、言いかけた言葉をのみこんだが、遅すぎた。イザベルは頬が熱くなった。過去が、壁にしみついた尿のように、むっとにおう。ノーリーンおばは、少し元気のない声になって続けた。「その年で自活するなんて無理よ。ほかにだれが面倒を見てくれるの？」

また計算にもどった。「週に三日は外で夕食をとることになるわね。下宿で食べない日もあるのに、その分もお金を払うなんてもったいないけど、下宿代を安くしてもらえないか頼んでもむだね。下働きをさせられるにきまってる。あそこの居心地はいい？」

「ええ、とても」

「安心したわ」ノーリーンおばの計算はなかなかはかどらない。「外食のお金は月に三ポンドで足りるはずよ。四ポンドあげておくから、ちょっとくらい贅沢して。月のはじめの日曜にはお昼ごはんを食べにきてちょうだい。そのときに四ポンド渡すから。だから、今度会うのは五日ね。なにか困ったことがあったら電話をして。番号は知ってるわね？」

「なんだか悪くて」

「わたしの遺産を早めに使ってるだけよ。いま必要なだけなんだから、そんな顔しないでちょうだい。あなたが昇給したら、すぐに仕送りもやめるわ。お給料を上げてもらえるように手立てを考えなさいね」

ウォルター氏に昇給を頼むなど、考えただけで気が遠くなりそうだった。

「頼まないと上げてくれないの？」

「もちろん」ノーリーンおばの口調が滑稽なほど変わった。イザベルの目を正面から見据えて首を横に振る。「肝《きも》に銘《めい》じておきなさい。この世界でなにかを得たいなら、戦ってつかみ取るしかないのよ」

運命はどんなに厳格な女校長よりも厳しい。お金のために戦うか、ノーリーンおばの厄介になるか、ふたつにひとつだ。どちらも耐えがたいが、一方のほうがもう一方よりまだましだ。ノーリーンおばの厄介になるくらいなら、戦うほうがいい。

「職場では目を光らせて、状況をしっかり把握《はあく》しておくのよ。手紙のほかにはどんな仕事をしてるの？」

「ちょっとしたお金の管理をしたり、フランクがグラスの梱包を解くときに送り状の確認をしたり。フランクを手伝ってグラスを磨いてショールームに並べることもあるし、時どきは郵便局に手紙を出しに行くわ。あとは、オリーヴに頼まれる用事を色々してる——だいたいはファイリングだけど」

「つまり、ドイツ語の手紙の翻訳以外は雑用をしてるわけね。お給料だってお駄賃《だちん》みたいなものじゃない。騙《だま》されてるような気がするわ」ノーリーンおばは渋い顔になり、親指であごをこすりながら考え込んだ。「出だしを間違えたわね。ドイツ語は特別な技能なんだから、その分の手当てをもらうべきよ。見ててごらんなさい。一旦《いったん》ただで利用できるとわかったら、ただで当然だと思いはじめるんだから。あなたが入る前はだれがその仕事をしてたの？」

「さあ。話に出たことがないから」感情をこめて付け加える。「その人、リチャードさんにタイプライターを投げつけたのかも」

ノーリーンおばの笑い声は、文字どおり〝高笑い〟だ。

「リチャードさん！　あの間抜けね！　王様気取りのあの人でしょう？」

「リチャードさんとウォルターさんがいるのよ」

「コミックのコンビみたいね。オリーヴがまとめ役なんでしょう？」

「そう」

「ほかには？　口述筆記はだれが？　コンビふたりの速記をしてるのはだれ？」

「普段はリタ。時どきはオリーヴとネルも。スティーヴンさんがきて、用事を言いつけることがあるから。わたしは一度しか会ったことがないんだけど、販売員の人みたい」

「いくつか確かめなくちゃいけないことがあるわよ。ほかの子たちはいくらもらってるのか。それに、あなたの前にいたのはどんな人だったのか。職場に仲のいい人は？」

「たぶん、フランク。倉庫の管理をしてる人」

一瞬の沈黙のあと、ノーリーンおばはいった。「のどが渇《かわ》いたわ。ジントニックを飲みたい気分よ。なにか持ってきましょうか？　レモネードは？」

「わたしは大丈夫。ありがとう」

ノーリーンおばは無言で飲み物を作り、グラスを持ってテーブルにもどってくると、熱を帯《お》びた口調でいった。「きいてちょうだい。その職場じゃうまくいかないわ。あなたは戦うタイプじゃないもの。軽く見られるのがおち」

人生がこんなふうだとは思いもしなかった。もっとシンプルだと思っていた。

「教える仕事をしてみたら？　卒業した時の成績は申し分なかったでしょう。今年の終わりに応募してみるといいわ。きっと採用されるわよ。もしよかったらここに住んでもいいのよ。食事だって自分で作れるし。奥に空き部屋があって、流しとコンロまで付いてるの。会社が軌道に乗るまでは人に貸してたんだけど、いまは放ってあるから。自立して、話の合う友だちと付き合って、ダンスなんかに出かけなさい。少しくらい青春を楽しんで。いいと思わない？」

「学校はきらいだったし、ここに一生いたくないの」

「その気持ちはわかるわ。そうね。でも、仕事ならほかにもあるでしょう。図書館はどう？」

イザベルは、くもった顔で黙っていた。

「いいわ。年末まで様子を見ましょう。あなたの話をきいていると、その会社で出世するには、上司の頭に銃でも突きつけなくちゃ無理。辞めると伝える心づもりをしておきなさい。引き留めてこなかったら作戦を変えましょう。それでどう？」ノーリーンおばは、化粧台の上からハンドバッグを持ってきて、四ポンド取り出した。イザベルにはもらう資格のないお金、稼ぎ方もわからないお金だ。

「最初の一か月分よ。毎月少しずつ貯金をしておきなさい。二シリングしかなくても、少し取っておくの。あら、やっと笑顔になったわね」

「ミスター・ミコーバーのことを考えてたの。『デイヴィッド・コパフィールド』に出てくる人なんだけど、『一年の稼ぎが二十ポンドで、一年の出費が十九ポンドと十九シリング六ペンスなら、幸福だ』っていうのよ」

「ええ、そうね」おばは気の抜けた声でいった。「そういうこと」

ミスター・ミコーバーの話で我慢の限界を超えてしまったらしい。おばは黙ってジントニックをすすった。すると、ちょうどいい時に廊下の電話が鳴った。

電話に出たノーリーンおばは、ほっとしたような声でいった。「あら、スタン。ええ、大丈夫よ」笑い声がする。「あなたがいたら、とっちめてやろうと思ってたんだから。あんなに自信満々だったのに！　……いいえ、まずまずだったわ。なんとか埋め合わせできたから。ピーターズドリームが五着で……ええ、一ポンドの馬券で二十ポンドの儲《もう》けよ……ヴィクトリア？　そう、また魔法のピンなんかに……ええ、わたしいってやったのよ。水占いをしたらいいわ、って。木の枝で水中から紙を引き上げる占いよ。あの人、きっと大興奮するわ」

ノーリーンおばは、お金を〝飼いならして〟いて、それを、遊び友だちとの付き合いや荒馬に使っている。扱い方さえ間違えなければ、お金は大きな楽しみを与えてくれる。「いいえ、最後の最後で気が変わって、複勝でオラクルに賭けたわ。二着だったの」

他人の言葉は詩のようだ。ノーリーンおばの言葉も詩のようだ――ピーターズドリームが五着、複勝でオラクル。下宿の若者たちも詩の言葉を話す。フットボール、イールズ対タイガース、セインツ、たくさんの色々なチームの名前、かわいい女の子やきれいな女の人の噂話。

詩の言葉をきくと、なぜこんなに苦しくなるのだろう。どうして憧れ、追放されたように感じるのだろう。憧れとはなにに？　追放とは、どこから？

「いいわね。じゃあ、またゲームをしましょう。金曜の夜ね、大丈夫よ。もう切るわ、姪《めい》がきてるから。ほら、ロブの娘よ」

おばが父親の名を口にしたことは、喜ぶべきなのだろうか。なんといって喜べばいいのか、どう喜べばいいのか、イザベルにはわからない。こんなによくしてもらえるのは、ノーリーンおばがノーリーンおばだからだ。イザベルがイザベルだからではない。いい気になってはいけない。

イザベルは、自分もなにかお返しができればいいのに、と思った。

昼食がすむと気分はましになった。ノーリーンおばと一緒に山のような衣類を吟味したのだ。イザベルは、おさがりを抱えて下宿先にもどった。黒い服のアクセントになりそうな赤いベルト、ほとんど新品のハンドバッグ、透《す》かし編《あ》みのセーター、そして古めかしい冬用のコート。ノーリーンおばは、コートを見てむずかしい顔をした。「何年も前から持ってるわ。毛皮がもったいなかったから。毛皮だけはずそうかとも思ったんだけど、そんな時間もなくてね」毛皮は、幅の広い襟《えり》と袖口をおおい、両方のフロントラインと大きく広がったすそを細くふちどっていた。「どうかしらね。流行遅れだけど、そこまでみっともなくもないでしょう。あんまり古いからかえって新しいみたい」調度品をそろえるためのお金を崩してコートを買うという案も出た。小切手で二十二ポンドだ。そのお金でイザベルの口座を作ることになっていた。

イザベルは、毛皮付きのコートをきれいだと思ったので、ノーリーンおばに頼んで、家具のお金はそのまま取っておくことにした。

おさがりをもらっても、今回の訪問はなんとなく後味が悪かった。ノーリーンおばから、お金は獰《どう》猛《もう》な生き物のようなものだから、しっかり押さえつけて飼いならさなくてはいけない、と教えられるまで、イザベルは自分の進歩に満足していたのだ。手に負えないと思っていたことはひとつしかない。リチャード氏だ。相変わらず様子を見にきて、うしろにぬっと立ち、舌打ちをしたりため息をついたりする。

「解決策はふたつ」フランクは少し前に、倉庫でガラスの梱包を解きながらいった。「ひとつ目は、平静を保ってあいつのことは気にしない。だけど、ふりをするだけじゃだめだ。顔は平静を装って、怒りは腹の中に収めておくようなやり方は、うまくいかない。きみが疲れてしまう」

「無視してれば、そのうち飽きて放っておいてくれないかしら」

「それはどうかな。向こうはすぐ気づく。ああいう連中は、知るべきことは知らないくせに、特殊な能力だけはある。人の芝居を見抜くんだ。ほんとうは頭にきてるなら、本人と向き合わなくちゃいけない。こういえばいいんだ。静かに、丁寧に。『リチャードさん、すみません。ここにいらっしゃると、ご自分のお仕事ができないんじゃありません？』」

取り澄ました口調と甘い作り声をきいて、イザベルはくすくす笑った。

『できあがったらすぐにお持ちしますね』フランクは、まじめくさった声で続けた。「ただ、問題がある。あのみじめなひよっこには、するべき仕事なんかないんだ。ビジネス向きの頭もないなら、グラス向きの指もない。あいつがここに嚙みタバコをやりにきて、大事なグラスをいじくり回すなんてまっぴらだ。頭があるのはミスター・Wで、流行とスタイルをわかっているのはミスター・Sだ。だからって、あいつがきみをいじめていいわけがない。おれは、ちゃんと向き合ったほうがいいと思うね。少し時間を置いて気持ちを落ちつかせたら、感じよく丁寧に伝えてごらん。あなたのばかでかい図体をわたしの生活圏からどかしてください、って」

イザベルはまた笑ったが、心の中では、平静を保っておくほうを選んだ。こうして、リチャード氏が背後に立ちはだかっても、我慢すると決めたでしょ、と自分に言いきかせることができるようになった。ひとつの変化だ。もう、あなたがいるのはチェコよ、と心の中で唱えることもない。

イザベルは、自分にすっかり満足していた。夕食のあとは、部屋から本を持ってきて、食卓にもどる。毎日を滞りなく過ごせるようになった。リビングで読書をするのはむずかしい。みんながブリッジをしているときは、明かりに照らされたテーブルは使えない。だが、食卓から離れて部屋の隅に体を押しこんでも、文字を読むことはできる。

ティムとノーマンは、かわいい子や、美人や、誘いを待っている魅力的な女の子の噂話はするが、イザベルと同じくらい質素な毎日を送っていた。テーブルについてブリッジを教わっていれば不満はないらしい。未来の銀行の支店長として、社交術を磨いている。

ベティが夕食にもどらないこともあった。ベティは、街の立派なホテルで事務をしている。「残業ですって」ベティが遅くなると、バウワー夫人はそういって眉を吊り上げた。残業なわけあるもんですか、という顔だ。ベティがいないと、若者たちはポルターガイストのように騒々しくなった。ラジオを大音量で流して局を次々に変え、マッチ箱を使ってフットボールの真似事をし、くだらないことで大声で議論をし、腕相撲をした。マッジはきまって出かけた。ワトキン氏はテーブルについて、切り抜いた新聞記事を、固い表紙の大きな台帳に書き写した。イザベルもテーブルにつくことができたが、いくら手元が明るくなっても、奪われた静けさの埋め合わせにはならない。イザベルは若者たちを見ながら、大騒ぎしている人たちはどうしてこんなに不幸せそうに見えるのだろう、と首を傾げた。しまいには、バウワー夫人がキッチンから叱りつけた。「ふたりとも、なんの騒ぎ？　家を壊すつもり？」「お願いだから、もう少し静かにして！」

するとノーマンは静かになり、不機嫌な顔で肩をすくめてティムを誘う。「散歩してミルクシェーキでも飲もうぜ」ティムは、大げさにしょげた顔をしてみせ、友人と一緒に出かけていく。

ブリッジの夜のことだ。イザベルは『フラムリー牧師館』を読み終えようとしているところで、夢中になるあまり本の上にかがみこんでいた。ふと、頰になにかが軽く当たった。虫が止まったような感じだ。あげた手の中に紙つぶてが飛びこんでくる。

見ると、ノーマンがにやにや笑っていた。「生きてた！　息をしてるぞ！」

イザベルは、ばかみたいに上気した顔を本で隠した。胸がどきどきしている。本で顔を隠しているうちに動悸はおさまり、また、マーク・ロバーツの事件に集中できるようになった。最初の興奮が去ると、少しちょっかいを出されただけであんなにうろたえた自分が恥ずかしくなった。

二日後、また同じことがあった。今度は心の準備ができている。イザベルは、紙つぶてをキャッチして、はしゃいだ声を作った。「ラブレターだわ」紙を広げてしわを伸ばし、がっかりした声で続ける。「あら、暗号ね」

ノーマンが威張った声でいった。「なんで、おれがおまえにラブレターを送るんだよ」

「ほかになにをくれるっていうの？」

若者たちのゲームに混ぜてもらえたのが嬉しかった。自分のプレーもなかなかうまい（優雅で朗らかで、昔の淑女のようだ）。

ベティがいった。「ラブレターじゃないでしょ」

「ちがうの？　じゃあ、解読しないでおくわ」イザベルは紙をくしゃっとつぶして、読書にもどった。

その一件以来、読書を邪魔されることはなくなった。いくらかがっかりしながら、一、二週間が過ぎた。

ある晩、楽な姿勢を探しながら本に明かりを当てようとしていると、ノーマンの声が飛んできた。

「イザベル、気をつけろよ！　目が悪くなるぞ！　男は眼鏡をかけた子なんか相手にしないからな」

「めったに相手にしない、でしょ」イザベルは訂正した。「大事なところよ。男の人は眼鏡をかけた子をめったに相手にしない〔ドロシー・パーカーの有名な警句〕。どこで知ったの？　その台詞、だれかに教えてもらった？」

　顔をあげると、ノーマンがこっちをにらみつけていた。憎しみのこもった、鋭く冷たい目だ。また、見えないナイフで相手を傷つけてしまった。はじめの動揺がおさまると、以前のような罪悪感は覚えなかった。これがゲームではなく戦いだったなら、喜んで相手になろう。だが、はじめから戦いだと知っていれば、挑発に乗るような勇気はなかった。

　悲しかったのは、憧れのベティまで冷ややかな目を向けてきたことだ。声も目と同じくらい冷ややかだった。「ノーマン、あんたの番よ」

　味方はいない。だが、本を読む権利があることは間違いない。だれにも迷惑をかけないように注意していればいい。なにひとつつくれずにイザベルから読書を取りあげようとするつもりなら、厚かましいにもほどがある。こちらがどんなに行儀よく振舞おうと、相手の行儀がよくなければ意味がない。とにかく、これで自分の立ち位置がわかった——それは、どこか心が安らぐことだった。

　キッチンのほうが居心地がよかった。ここでのイザベルは、おとなしいペットのような存在だ。毎週土曜日の午後になると、キッチンでお茶とケーキをあてがわれ、バウワー夫人とプレンダギャスト夫人のおしゃべりをきく。プレンダギャスト夫人は死に憧れている。その儀式に魅了され、その急襲を恐れ、めったに敗北しないその力に驚嘆していた。小さな棺、大掛かりな葬儀、傷ついた心、美しい花輪。そういった言葉が、川のせせらぎのようなふたりのおしゃべりの上を流れていった。バウワー夫人は、セックスと結婚を敵視していた。セックスに対する夫人の考え方はシンプルだ——セックスは、恵まれた容姿《ようし》に科せられた不愉快な罰なのだ。かつてその刑期を務めた者として、夫人は、不器量な女の子たちに怒りをつのらせていた。彼女たちは、自分がどんなに運がいいかわかっていない。プレンダギャスト夫人が亡くなった誰かの思い出を語るそばで、バウワー夫人は新聞や雑誌をめくりながら、敵について書かれた記事がないかと目を光らせ、見つけると声に出して読みあげた。そして、嫌悪感のにじむ声でイザベルにいう。「こんなこと、あなたはしないほうがいいわよ」

「どんな目にあうかなんて、誰もわかっちゃいないのよ」バウワー夫人はそういって、貧しい花嫁にも、裕福な花嫁にも、世間を騒がせた花嫁にも、等しく余計な世話を焼いた。すると、プレンダギャスト夫人は、はたと気づく。結婚式を阻止するには葬式が一番だし、結婚式があったとしても、そのあとにはすぐに葬式がある。

イザベルは、結婚式も葬式も、すべては運命の三女神《モイラ》が采配《さいはい》を振ることだと考えていた。だが、お茶を飲みながらおとなしくきいていた。

プレンダギャスト夫人は、内容の不気味さはともかく、話術が妙に巧みだった。

「このあいだ、フレッド・ウィリアムズが出てくる不吉な夢をみたわ。寝覚めが悪いったらなかった。かわいそうなフレッド！」

「あら、フレッドになにかあったの？」

「いまのところは大丈夫だと思うけど。このあいだの夜のことよ。夢の中で、垣根越しにグラディスと話していたの。帽子に付ける茶色いネットの生地《きじ》を少しわけてくれないか頼んだのよ。グラディスは、もちろんよ、お役に立てて嬉しいわ、と答えて、家の中に入っていった。でも、すぐに悲鳴をあげてもどってきた。フレッドがキッチンの床に倒れて死んでる、っていうじゃない。そして、家に入って埋葬の準備をしてくれないか、って頼むの。自分にはとても無理だから、って。わたしだっていやだったけど、こういったわ。あんなに快く茶色のネットを譲ってくれようとしたんだから、あなたの頼みは断れないわね、って」

「フレッド、このあいだ見かけたときはすごく元気そうだったわよ。木曜だったわね」

「間違いないわ。あの人、もう長くない。あれは予知夢よ。フレッドの死期はもうすぐ。まあ、ばかみたいな夢だったけど。茶色いネットを付けた帽子なんて、二十年も前の流行《はや》りだもの」

「わたしだったら、その夢のことはグラディスに話さないわね」

「当然よ。わたしは思いやりがあるんだから。いろんなことがわかってしまうけど、関係がある人の前では話さないわ」

「わたしの夢はみないでほしいものね。イザベル、ケーキをもうひと切れいかが？」

イザベルは、胃の具合を確かめた。プレンダギャスト夫人の夢の話からは回復しただろうか。ケーキをもうひと切れくらいなら入りそうだ。

プレンダギャスト夫人の話がどんなに不気味でも、イザベルは耳を傾けた。心の中にいる冷淡な収集家が、どんな犠牲を払ってでも情報を集めようとするのだ。心の中のイザベルは、役に立たないものに目がなく、プレンダギャスト夫人の話もそのひとつだった。

タイピングの授業は苦痛だったが、速記はまだましだった。イザベルには素質がある。速記のクラスの生徒たちは、ふたつのグループに分かれて作業をし、講師の言葉を口述筆記する。一方のグループにはおしゃべりをする余裕もない生徒が集まり、もう一方のグループには、おしゃべりをしないと作業ができない生徒たちが集まった。イザベルは課題をすぐに終わらせたので、ふたつのグループを忙《せわ》しく行き来しながら、自分を誇らしく感じた。

タイピングのクラスでは、大嫌いな機械の前に座り、木のカバーで両手とキーをおおう(目が付いているのに、どうしてキーを手探りするのだろう)。両手を不自然な形に開き、使う必要もなさそうな小指に力をこめる(どうしてタイプライターを手に合わせて作らないで、手のほうをタイプライターに合わせるのだろう)。そして、必死でキーを叩くのにかかった秒数を、壁の大きな時計で計るのだ。不規則で耳障りなキーの音にも苦しめられた。まわりには、呪われた同輩たちがひしめき、自分自身と孤独な競争を続けている。ちょっとした地獄のようだった。ノーリーンおばへの深い感謝だけが、席を蹴って一目散に逃げだしたいという衝動を抑えていた。

下宿先にもどると、建物のわきを通って裏にまわり、勝手口から中に入った。リビングには行きたくない。だが、きまってキッチンからバウワー夫人が声をかけてくる。「イザベル、あなたなの?

おやつを取っておいたわよ」

するとイザベルの胸には矛盾した感情が湧いてくる。温かみ、感謝——まさかこの自分が気にかけてもらえるなんて——、それから、きまり悪さ。とても返せないような借りを作ってしまったような気がする。土曜日の午後だけはちがう。このときは、おとなしくきいていればいい。聞き役が必要だからだ。たいていは黙ってきいているだけで十分だ。口の中に、カスタードタルトや、ゼリーがけの果物や、アップルパイをいっぱいに詰め込んだままでは、うなずくだけで精一杯だった。

収集した情報の中に、ひとつ面白いものがあった。夫人たちが噂していたマッジの〝悪徳〟の正体は、妙な宗教だったのだ。信者たちは、寝間着のように長いシャツを着て円になって座り、ロウソクの火を見つめながら、低い声で単調な呪文を唱えるらしい。「娘には、宗教をうちに持ち込まないようにいってあるの。外で好きなことをする分にはかまわないけど、寝室に祭壇を作るような真似は許さないわ。害はないでしょうけどね」これは、〝あのベティ〟にくらべればまだまし、という意味だ。ベティは、バウワー夫人にしてみれば罪人も同然だった。派手な離婚騒ぎで世間の噂になった過去があったからだ。「新聞にラブレターが載ったから、みんな、あの人がしでかしたことを知ってるわ。たくさんのものを失った。家も子どもも財産もなくして、結局、すべてを捧《ささ》げた王子さまは、奥さんを選んであの人を見捨てたの。いまの様子じゃ、また同じ失敗を繰り返しそうね。ああいう女の人っているのよ。一度つまずいた場所でまたつまずくの」

そういうと、バウワー夫人は、たいして深くもないため息をついて人間の愚かしさを嘆き、イザベルにもう一杯お茶を注《つ》ぐ。

ワトキン氏の主な仕事は、競走馬の血統書を作ることだった。競走馬の血統をたどって、膨大な記録にまとめるのだ。「賭けるのはほんの少しだけ。度を越すことはないわ。物静かでしっかりした方よ。あの人はほんものの紳士だわ」

イザベルは、夫人の話をききながら、みんなの人生が自分に合うかどうか頭の中で試着してみた。恋愛で失敗するような人生は絶対にごめんだ。マッジの人生はそれなりに魅力的だった。親しい人たちだけで開く宗教の集まりはきっと楽しい。だが、その人生も危険をはらんでいる——宗教を心から信頼してしまうのは危ういことだ。マッジは、午前中は下宿の用事を片付け、掃除と洗濯をして、日用品の買い物に出かける。午後は仕事に行き、時どきは夜も働く。仕事は町医者の受付係だ。マッジには宗教が必要なのかもしれない。だが宗教は、求めたからといって簡単には自分のものにならない。

ワトキン氏の人生は、イザベルの理想に近かった。自分で選んだ家具で整えた個室のような人生。仕事と晴天、必要なのはそれだけだ。ワトキン氏は、朝食がすむと、通りを散歩して朝刊を買いに行く。もどってくると、裏のテラスの椅子に掛けて新聞を隅々まで読み、クロスワードパズルをする。ランチを食べて、部屋に下がり、ラジオをききながらブリッジを楽しみに待つ。楽しみがふいになっても、あきらめる術《すべ》を知っている。落ちついていて、ひとりが好きで、自分のことは自分でする。だが、ワトキン氏になるには仕事が必要だ。血統書作りに代わるなにかが要る。

専門学校に行くようになって、イザベルには外食の楽しみができた。カフェのテーブルにつき、フイッシュアンドチップスを食べ、お皿のそばには開いた本を置く。誰にも気兼ねなく読書をして、誰かにかまわれることもない。覚えているかぎり、こんなに心が安らぐのは初めてだった。
あんまり楽しかったので、土曜日も同じように過ごそうと決めた。会社のきまりで、木曜の夜か土曜の朝は、誰かひとりが出社しなくてはいけない。イザベルは専門学校があるのでいつも土曜日の係になったが、気にならなかった。十二時に仕事を終えると、図書館で新しい本を借り、満ち足りた気分でジョージ通りをゆっくり歩き、グリーブ通りに向かう。途中でサンドイッチとコーヒーを買った。これはちょっとした贅沢だ。下宿にもどってランチを食べることもできる。だが、ノーリーンおばは、少しくらい楽しみなさい、といってくれた。おばさんのやり方とはちがうかもしれないが、これがイザベルなりの楽しみ方だ。グリーブ通りに見つけたコーヒーショップに立ち寄り、ユニバーシティ・パークで一時間ほど本を読んでから下宿先にもどる。キッチンにいるふたりの運命の女神に敬意を表して顔を見せ、二階の自分の部屋に上がって、また、ひとりきりでゆっくり本を読んだ。土曜日になると、幸福に生きるのは簡単なことのように思えた。

リタが婚約した。月曜の朝に出社したリタは、前に伸ばした左手が作る航跡をたどるようにして、タイピストたちの部屋に入ってきた。指輪のダイヤモンドが作る夢の中を漂っているかのようだった。仲良しのネルが駆けよって友人を抱きしめ、オリーヴは指輪を誉めた。イザベルは、みんなのあとに続きながら、かけるべき言葉を探した。しきたりは知っている。おめでとうという言葉は、女性ではなく男性に向けたものだ。しきたりに倣《なら》って「幸運を！」といおうとしたが、気が進まなかった。幸福に酔ったリタの顔を前にすると、幸運に頼らなくてはならないという考えが心苦しく思えた。迷った挙句《あげく》に指輪を誉めたが、妙なことをしている気分だった。

そのとき、ウォルター氏の足音がした。

「話はランチのときに詳しくきかせて」オリーヴがいった。

タイピストたちはデスクにつき、タイプライターのカバーを取った。

リタは幸福で胸がいっぱいで、ランチなど入らないようだった。イザベルたちはショールームの隅のテーブルでサンドイッチを食べていたが、リタはそのわきでワルツのステップを踏んだ。顔の前で両手を合わせて婚約指輪に見とれ、結婚式の定番曲「アニバーサリー・ソング」を歌う。愛で酔ったようになっている。

「おい、ガラスに気をつけろ！」フランクがいった。「この世には、脚付きカットクリスタルのグラス一ダースに見合う男なんかいないぞ」

イザベルはいった。「うちの家主《やぬし》さんにいわせれば、そのへんの小さいリキュールグラスに見合う男だっていないわ」

「いってくれるじゃないか」

タイピストたちはいっせいに笑った。オリーヴまで笑っている。リタの手放しのはしゃぎぶりにつられて、みんなまで心が浮き立っていた。

「わたしのスティーヴンに会えば考えが変わるわよ！　スティーヴンの価値は世界中のグラスを集めても足りないもの！」リタはまたダンスをはじめ、ゆっくりまわりながら向こうへ行き、もどってきた。

「結婚式のワルツを練習してるのか」フランクがいった。

「そうよ。女の子たちはみんな式にきてね。ブーケをキャッチするのはだれかしら。次はだれの番？　オリーヴ？」

オリーヴは、悲しげに首を横に振った。六年前から交際している恋人がいたが、家族の事情で結婚できずにいた。

「じゃあ、ネル？」ネルは赤くなってうつむいた。ほんとうに次はネルの番かもしれない。

「イザベル！　イザベルは絶対なにか隠してるでしょ。なんにも話してくれないんだから」

イザベルはため息をついた。「このままリチャードさんがなにもいってくれないなら、はっきり気持ちを確かめなくちゃ」

とたんに、フランクの顔が険《けわ》しくなった。「笑わせてくれるじゃないか」刺々《とげとげ》しい声だ。「あんなやつは蹴とばせよ」

「わたしが？　足も味方も頼りないのに？」

オリーヴが静かな声でいった。「フランク、リチャードさんは社長のご家族よ」

「そりゃすごい」フランクはまだ怒っていたが、オリーヴは聞き流した。

「リタ、式はいつ？」

「九月よ。婚約期間をあんまり延ばしたくないの。スティーヴンが仕事でメルボルンに行くから、結婚してついていきたいのよ」

イザベルはどきりとした。これは、ノーリーンおばが期待している昇給のチャンスだ。昇給が暴れ馬のように目の前を走りすぎるなら、手綱をつかまえなくてはいけない。イザベルにその度胸はない。仮に昇給に成功したとしたら、フランクを手伝って送り状の確認をする代わりに、今度はウォルターさんの口述筆記をしなくてはいけない。これが人生というものらしい――小さないかだを組み終えて胸をなでおろしたとたん、いかだはばらばらになり、また泳ぐ羽目になる。

「さてベル、行くぞ」フランクはまだ仏頂面だ。「そろそろ仕事だ」

「フランク、イザベルに少し話があるの」オリーヴはきっぱりした声でいった。「すぐにすむわ」

フランクは、意外そうな様子も見せずに肩をすくめた。オリーヴの言葉を予想して仏頂面を用意していたかのようだった。

リタとネルはタイプライターにもどった。

オリーヴは改まった調子で口を開いた。「イザベル、フランクとあんまり親しくしすぎるのは考えものよ。ふたりきりの時間が長くて気の毒だわ。なにより――」オリーヴは、勇気を奮い起こすように一呼吸置いた。「フランクは共産主義者なの。職場で共産党の話をしないように注意されているんだから……」

「フランクは、そんな話しないわ」

「もうひとつ。できれば、リチャードさんを笑いの種にするのはやめてちょうだい。確かにむずかしい人だけど……これはあなたが思ってる以上に大事なことなの」

「笑っちゃだめならどうすればいいの？　泣く？」

オリーヴは、人生のむずかしさを嘆いてため息をついた。

「リタが辞めたら、あなたが後任を務められるわ。速記もタイプもできるようになったから、じきに大きい昇進の話がくる。あとは、少し振舞いに気をつければいいだけ。ウォルターさんは、あなたの仕事ぶりには満足しているんだけど、態度には少し首を傾げているのよ。こういう時は、素直になるのが一番でしょう？」

オリーヴは、頼みこむような声でいった。

イザベルは手短《てみじか》に返した。「ありがとう。そろそろ仕事にもどるわ」

「おや、どうした」フランクは、イザベルの顔を見ていった。「かりかりしてるじゃないか。おれに近づくなって警告されたんだろ」芝居がかった調子で声をひそめる。『フランクは共産主義者よ』

「リチャードさんみたいな人たちって、くれないくせに、もらおうとするのよね」

「またまた！　だれだってそうだろ？　いまごろわかったのか？」

「わかったってどうにもできない！」

フランクは、怒りを少し和《やわ》らげた。「厄介なのはオリーヴみたいな連中だよ。どうにかしたいわけじゃなくて、あいつらのやり方が好きなんだ。胸が悪くなる」

「こんなに面倒だなんて思わなかった。仕事をして、お給料をもらう。それだけだと思ってたわ」

「給料といえば、そろそろ仕事に掛かったほうがいいな」フランクは、てこを使って開けておいた荷箱に手を差しこみ、荷造り用の藁の中をあさった。ふと、手を止める。「ベル」

「なに？」

「きみは、人生になにを望む？　当然だが、仕事をして給料をもらうだけじゃ十分じゃない。誰だってそれだけじゃ足りない。もちろん、きみもそうだ。いまのところ、家庭も子どももないし、外に繰り出して男とちゃらちゃらするタイプでもないし、かわいい顔を陰気にしかめて当てこすりをいうタイプでもない」

イザベルは、〝かわいい顔〟という言葉に面食らった。

「だけど、それがかえってよかったんだ。考える時間がたっぷりあるからな。物書きになろうとは思わないのか？」

「なんで物書きなんかに!?」

「こら、嚙みつくなよ！　一週間分の給料を落とすところだった」フランクは、鋳造《ちゅうぞう》ガラスの虹色のフルーツボウルから藁を払い、テーブルの上に配置した。

「1－324、フルーツボウル、虹色、一点もの」

「チェック」

「大きな声を出してごめんなさい」自分でも、なぜあそこまで過敏に反応したのか説明できなかった。

「よろしい。物の言い方ってやつを心得てるじゃないか。物を書けばいいと思ったのは、きみが、『足も味方も頼りないのに』といったときだよ。気が利いてたし、なによりおれを怒らせた。オリーヴはもっと怒ってたけどな。誰にでもできることじゃない」

「もうその話はやめて」

「わかった。だけど、さっきの話にもどろう。きみは人生になにを望む？　なにになりたい？　ウォルター氏の秘書だというつもりなら、好きなだけ大笑いさせてもらう」

「わたしは、普通の人たちのひとりになりたい」

結局、フランクは大笑いした。

「ばかいうんじゃない。そのうち、特別な連中のひとりになりたくなる。よく注意しとけ」

「1－325。脚付きコンポート」

「チェック。これはひどい皿だな。なんの魅力もない。ところで、共産主義の話だが、以前はここでも偉そうにしゃべってたんだ。もっといい世界をみんなに教えてやろうと思ってな。すると、やめろといわれた。別に不服はない。おれはこの会社が好きだし、会社は連中のものだからな。もし、職場じゃないところで党の話がききたかったら、喜んで役に立とう。もしかしたら、きみには合うかもしれない」

「ありがとう、フランク。1－329、クリスタルの装飾付き鏡、くし、ブラシ」

「これまたひどいな。やれやれ。人生くらい大げさで、人生の倍ひどい」


二週間後の土曜日、〝特別な連中〟が現れた。イザベルは、グリーブ通りにある店で、コーヒーを飲みながら読書をしていた。壁際に並んだボックス席のひとつだ。そのとき、六人組の若者たちが入ってきた。店主にあいさつをして、椅子を動かし、テーブルを押してくっつけはじめる。はじめのうちイザベルは、若者たちが立てる騒々しい物音に苛立《いらだ》ちながら、『フラムリー牧師館』に神経を集中させようとしていた。

グループのひとりが、仲間たちに向かっていった。

「ジョセフの課題を終わらせたぞ。短いけどうまくできた」

青年はわざとらしい咳払《せきばら》いをして、仲間たちの注目を集めた。イザベルも興味を引かれたが、本から顔をあげることはしなかった。

オーデンからスペンダーに
「友よ、おれは週末だけの
道楽詩人
しかしおまえは本物の詩人

おまえの教えを賜りたい」

スペンダーからオーデンに
「教えを乞《こ》うならバイロンに
戯言《たわごと》を書かせれば一流の詩人
浮気者のバイロン卿
卿はセイレーンのように誘い
おまえは番人のように見張り
大衆を騙すがいい」

笑いまじりに感想を述べる若者たちの中から、ひとり、よく通る澄んだ声の持ち主が不服そうにいった。「不公平だぞ！　オーデンに不公平だ！」
バイロンに不公平よ。イザベルも怒っていた。オーデン？　スペンダー？　だれのこと？　バイロンをばかにするなんて信じられない！　様々な感情が一気に押し寄せてくる——会話の続きのように読みあげられる詩がきこえてから、ずっと頭がくらくらしていた。怒りにしがみついていないと、体を支えられない。
イザベルは若者たちのほうに目を向けた。〝オーデンに不公平だ！〟といった青年は、背が低くがっしりしていた。頭が大きく、黒い髪はくせが強く艶《つや》がある。顔立ちは小づくりで整っている。立派な額《がく》にはまった小さな風景画とでもいったような風貌だ。青年はなにか書きはじめていた。最初に詩を読んだ青年が、その様子を茶化すような目でじっと見守っている。

スペンダーからオーデンに
「弟子の分際で
師を出し抜くとはけしからん
おれは高みにのぼって
神の住む天空へ行き
いっそのこと
弟子をうらやむより……」

「くそ、おまえの押韻《おういん》はめちゃくちゃだぞ」

「そっちだってめちゃくちゃだろ」

「おまえのはどこか変なんだよ。ちょっと見せてみろ」

それはイザベルが憧れてきた人生だった。この若者たちは、自分がどれだけ幸運なのかわかっているのだろうか。たぶん、わかっていない。幸運な者は決して自分が幸運だと気づかない。

「じゃあ、見ればいいだろ。これもジョセフのためだ」

若者たちは体をずらし、コーヒーを運んできたウェイトレスのために場所を空けた。

そのとき、輪の中にいるひとりの女の子が見えた。背の高いきれいな子だ。ダイヤモンドのようにしっかり整った顔は物静かな印象を与え、肌は小麦色だった。金色の髪が優美に波打ちながら流れている。そうだ、あの子とは学校が同じだった。前は髪をおさげにしていた。

もうひとりの女の子は黒髪で、感じのいい柔らかな声をしていた。「それ、ほんとにジョセフに見せるつもり？」

「もちろん。〈『オーデンのバイロン卿への手紙』についての解釈〉、千ワードだ。だけど、おれが重視するのは量より質だからな」気取った顔をする。豊かな表情のわりに、顔立ちは地味だ。醜いといっていいほど子どもじみた顔が、ふと無表情になり、自信たっぷりの声で言葉を継いだ。「ジョセフはきっとこういう。『ケネス、大変けっこう。残りの九百五十ワードも持ってきなさい。締め切りは金曜日』」

青年の呑気《のんき》そうな様子が、イザベルの癇《かん》に障った。この怒りは、バイロンへの忠誠心によるものではなく、嫉妬によるものだ。

「最初のスタンザはもう一行必要よ。六行連の脚韻《きゃくいん》はaabccbにしなくちゃ。それから、ふたつ目のスタンザは最後が余計」

あの子の名前、なんだった？

「ああ、まあ、つまらない一行だから、取っちまおう」

黒髪の女の子がいった。「ちょっと手を加えるのも面倒なわけ？　そんな調子で千ワードも書けるわけないじゃない」

「うまい言い訳がある。スタンザの長さがちぐはぐなのはわざとなんだ。それぞれの詩人の文体を真似してるから……」

「スペンダーのほうがオーデンより冗長だっていうつもり？　でたらめいわないでよ！」

「じゃあ、こうだ。ふたつ目のスタンザを敢《あ》えて長くすることで、スペンダーの憤りをより力強いものにした。これでどうだ？」

女の子の名前を思い出せたら、イザベルはあのテーブルにいってあいさつをするつもりだった。考えるだけでどきどきしたが、やってみせる。

「それじゃジョセフは納得しないわね」

「わかってるよ。だけど、試してみるのも面白いだろ」

二番目に詩を読んだ背の低い青年が、怒ってかすれた声でいった。「ケネス、おまえはわかってない。オーデンには詩壇がほんとうに合っていたんだ。上着を脱いで、スリッパにはき替えて、のんびりできるところだった。夕食のときに正装するような気取り屋じゃないからって、オーデンを下に見るなよ」

ジョセフ《Joseph》という名前——若者たちが愛し、尊敬している偉い人らしい——と、ケネスがその名を声に出すときにみせる愛情。そのふたつが、こぢんまりした部屋のような人生を送りたいというイザベルの理想を砕き、真っ暗な穴に突き落とした。

黒髪の女の子が口を開いた。「ふたりとも、バイロンじいさんに少し厳しすぎるわ。浮気者なのは間違いないけど、そこそこいい仕事もしたじゃない。『ドン・ファン』はどう?」女の子は〝ファン〟を〝ワン〟と発音した。

「そりゃわかってるよ」ケネスはいった。へりくだった声色《こわいろ》と、片手のぞんざいなひと振りで、冷やかす相手をバイロンから自分自身に変える。「まるきりだめだってわけじゃない」

「優しいのね」女の子がにっこり笑うと、大きな醜い前歯が見えた。

きれいな女の子は退屈していた。どうしてこんなところにきちゃったのかしら、と不思議に思いはじめたようだ。イザベルは、代わりに自分があの席に座れたらどんなに幸せだろう、と思った。せめてあの子の名前を思い出したかった。こんにちは、オーツ。こんにちは、バーリー……ちがう、ヴィニーだ。ヴィニー・ウィンターズだ。

背の低い青年はケネスのほうに詩を押しやり、急いでコーヒーを飲むと、テーブルの真ん中に硬貨をひとつ置いていった。「じゃあ、またな」

青年がいなくなると、黒髪の子がいった。「ミッチを怒らせちゃったじゃない!」

ケネスはにやっと笑い、歌うようにいった。「王様になれなきゃふくれっ面」

「ミッチ、ディナー用のジャケット着てたわね」女の子は考え込むような顔でいった。

「そうそう。ディナージャケットだった。ビーズがえらくしゃれてたな」

若者たちはいっせいに笑った。いや、笑っているのは三人だ。

「スパンコールは付いてなかったろ。そこは公平にいけよ」

「ああ、確かにスパンコールは付いてなかった」

ヴィニー・ウィンターズの向かいに座っている青年も、きれいな顔立ちをしていた。ヴィニーと同じように目鼻立ちがくっきりしているが、肌は青白く、目は深い青で、髪は黒い。整った顔には、高慢そうなところがあった。イザベルは、青年の存在に勇気をくじかれそうになったが、どうにか立ちあがり、若者たちのテーブルに近づいて声をかけた。「ヴィニー・ウィンターズじゃない？　わたし、同じ学校だったの。イザベル・キャラハンよ」

ヴィニーの美しい顔は、不機嫌になるといっそう美しくなった。イザベルを見ても表情ひとつ変えない。

「姉のことは覚えてるかもしれないわ。マーガレットは同じ学年だから」

「ああ、マーガレットね」

イザベルは自分の大胆さを悔やみはじめた。すると、向かいに座っていたあの美しい鹿のような風貌の美青年が、ヴィニーの無礼をなじるようにさっと立ち、ミッチが座っていた椅子をうしろに引いた。「ひとり？　こっちにきなよ。ほら、座って。きみの荷物を取ってこよう」青年は、イザベルのハンドバッグと本を持ってもどってきながら、トロロープの名に目を留めて微笑んだ。

重い沈黙が流れた。

しばらくして、ケネスがイザベルに向かっていった。「きみを品詞にたとえるとしたらなんになる？」得意げな顔で指先に息を吹きかける。「おれは動詞だな。他動詞だ。ジャネットは接続詞、等位接続詞だ」ヴィニーを振り返っていった。「かわいいヴィニーは、もちろん形容詞だ」補足が必要だと気づいたケネスは続けていった。「きみがいると華やかになる」

このお世辞がコインだとしたら、ヴィニーは歯で嚙んでほんものかどうか確かめていただろう。

「トレヴァーは名詞だ」

イザベルのとなりの若者は、声をあげて笑った。「てっきり僕は動詞だと思ってた。たぶん、受動態だ。まあいい、じゃあ抽象名詞だな。ケネス、きみに内面を解剖されるなんて、どうもいい気がしない。僕は霊鳥〔占いに使われた神聖な鳥。古代ローマなどでは犠牲獣の内臓を用いて占いをした〕じゃない」

イザベルも笑った。

トレヴァーは、親切そうな目でイザベルを見た。

「それで、きみは？」

イザベルは、絞り出すような小声でいった。「前置詞だと思うわ」

「へえ、目的語を支配する？」

「ささやかでありふれた物だけ」

ジャネットと呼ばれた女の子が笑顔を向けた。イザベルはその好意に不意を突かれた。

「ささやかでありふれた物を守るのが理想よ。わたしの部屋を守る掛け金みたいに」

ケネスが鋭い目を向けた。「トゥ？　それともフォー？　バイ？　ウィズ？　フロム？」

敵意はないが、試すような口調だ。

簡単に仲間に入れるつもりはない、ということだ。

「おい、いいだろ」トレヴァーがいった。「みんなにはきかなかったくせに」

イザベルは、くすくす笑っていった。「うちの大家さんも前置詞よ。頭の固いアゲインスト《against》〔～に反対するという意味の前置詞〕」

これをきくと、若者たちはいっせいに笑い、ヴィニーでさえ頬をゆるめた。イザベルは少し後ろめたくなった。午後に下宿に帰れば、バウワー夫人に勧められるがままに、お茶を飲み、ケーキを食べ、親切にしてもらえるにきまっている。だが、夫人に恨みがあるわけではないにしても、自分はきっとまた同じようなことをする。みんなを笑わせられるようなにかを差し出すだろう。笑わせられれば、居場所がもらえるのかもしれない。

ジャネットがケネスにいった。「あなたは他動詞みたいなところもあるけど、絶対、芯の定まった定形動詞じゃない」

これをきくと、ケネスの顔色が変わった。怒ったふりをしながら、ほんとうに腹を立てている。イザベルは、ケネスに同情したかったが、ジャネットの言葉の意味に首をひねっていた。目的語、無主語。みんな、なんて賢いんだろう。

ケネスは、ふてぶてしい目つきになった。「なんにでもなれる不定形動詞も嫌いじゃない」

「僕は？」ケネスのとなりの青年がたずねた。

この質問を待ち構えていたかのように、ケネスの目に満足そうな表情が浮かんだ。

「ニック、おまえか？　おまえは副詞だ」そう答えて、歌いはじめた。「大切なのはなにをするかじゃなくて……どうするか……」大声で笑う。「ダイアナは過去分詞だな」

ニックは一瞬にやっと笑ったが、トレヴァーはケネスの軽口をきいて顔をこわばらせた。

ジャネットが口を開いた。「ヴィニー、ダンスには行く気になった？」

ヴィニーが肩をすくめる。「いいけど」

「ケネスは？」

「ヴィニーが行くなら、おれも行くってことだろ」

「知らないわよ」

「知っといてくれよ」ケネスが余裕たっぷりにいうと、ジャネットは口元をゆるめた。

「わたしたち、文学部のダンスパーティーを計画してるの。いいでしょ？　トレヴァーは？」

トレヴァーは首を横に振った。「いまの微妙な財政状況だと、無理だ」

「ニックは？」

ニックは煙草《たばこ》に火を点けたあと、台紙から新品のマッチをちぎっては灰皿に落としていた。うつむいたまま首を横に振る。

ケネスがいった。「ニックはオートバイに忠誠を誓ってるからな」

「サイドカーはなし？」

「そりゃそうだ」

これをきくとニックは小さく笑った。ケネスとジャネットは、ニックの微笑を見て嬉しそうな顔になった。

ジャネットは、ゲームにもどった。

「品詞といえば、意味のない挿入句みたいな人もいるわよね」

ケヴィンが声を出して笑った。「オーウェンズ博士！」

「ミリー・ターナー！」

「人称代名詞はどうだ？　一人称単数代名詞主格と、一人称代名詞目的格」

ジャネットが答える。「だけど、それって全員じゃない？　人間は自分か他者かどっちかなんだから」

ケヴィンが肩をすくめた。若者たちはこのゲームに退屈しはじめていた。イザベルは次第に、退屈こそ彼らが共通して抱えている悩みなのだと気づきはじめた。沈黙は、彼らにとって、肩にのしかかる重荷らしい。

イザベルは席を立ち、ヴィニーにいった。「楽しかったわ」楽しかったのは本心だが、ヴィニーのおかげではない。歩いて下宿先に帰るあいだ、イザベルは夢見心地だった。心の中は驚きでいっぱいだった。自分の国の言葉が、外国の街で話されているのをきいたような気分だ。たとえ二度とあの若者たちに会うことがないとしても、あんな会話が現実に存在するのだという事実は変わらない。

バウワー夫人が、イザベルをキッチンに招き入れた。

「エマと一緒だったの？　元気だった？」

「ええ、とても」

「掛けてちょうだい。お茶を淹《い》れるわ。プレンダギャストさん、お代わりをいかが？」

エマ——。生まれながらのうそつきのイザベルが、またしても姿を現していた。あのうそつきは、バウワー夫人に「どこにいたの？」ときかれたときに、こっそり舞い戻ってきたのだ。

「友だちとランチをしてたの」

「あら、いいじゃない！」

バウワー夫人は満足そうだった。すべての人生には楽しみがあるべし、という信条の持ち主なのだ。

エマは植木のような存在だ。注意深く水をやっているうちに、青々と葉を茂らせるようになった。専門学校で知り合ったことになっているエマは(専門学校ではだれとも知り合わない。あそこはあくまでも職業について学ぶ場だ)、田舎から出てきた女の子だ(「ええと、どこか西のほう」——イザベルは、田舎のことはあまり知らない)。イザベルにエマを追い払うだけの勇気が湧けば、エマは速やかにその田舎に帰っていくだろう。エマの名が出されるたびに気が滅入った。この美しい家に、嘘が居座る場所はない。これが、生まれながらのうそつきの不便なところだ——ろくに考えもしないで嘘をつき、積もった嘘で傾いたほうへ転がっていく。バウワー夫人には孤独癖《こどくへき》を隠しておいたほうがいい、と考えたとたん、たちまちエマが登場した。

エマという名をきいて、プレンダギャスト夫人の記憶がよみがえった。

「エマという名前のいとこがいたわ。はとこね。かわいそうに、しばらく精神病院に入ってたのよ」

「どうして？」

「赤ちゃんを産んでから気がふれてしまってね。ひとり目じゃなくて、三人目よ。ジョーって名前の男の子だったけど、いまじゃその子の息子たちも成人したわ。エマは、一時はかなり悪かったのよ。最後は元気になって退院したけど」

「それをきいてほっとしたわ」バウワー夫人の口ぶりからすると、プレンダギャスト夫人の話はたいてい良い終わり方をしないらしい。

「出産でおかしくなる女の人はいるのよ。マッジーに住んでいたとき、向かいにある女性がいたんだけどね。赤ん坊が六週間のときに、家族みんなで出かけようとしてて、ご主人が玄関から奥さんに呼びかけたわ。『ドリー、まだかい？』『あなた、すぐ行くわ。赤ん坊をオーヴンに入れるだけだから』ご主人が駆けつけたときには、赤ん坊は体中に油を塗られて、糸でぐるぐる巻きに縛られて、耐熱皿に入れられてたらしいわ。オーヴンの予熱もすんでた。ご主人は危ないところで間に合ったのね」

バウワー夫人は悲鳴をあげた。「なんて話！」

イザベルは、口に運ぼうとしていたケーキを皿にもどした。いつもなら、プレンダギャスト夫人の話をきいて過去であれ未来であれ個人的なことに思いが及んでも、夫人の物悲しくおだやかな声のおかげで、感情的になることは避けられる。だがいま、イザベルは胸がえぐられるように痛んだ。耐熱皿に入れられた無邪気な赤ん坊のことを思うと、この場から逃げだしたいような衝動に駆られた。自分はこのキッチンでなにをしているのだろう。ここはまるで地下室みたいだ。

「職場のいやなおじさんはどう？　まだいやがらせをしてくるの？」

「タイピングを始めると感じが悪くなって。わたしはすごく遅いから。専門学校の先生たちに、二本指でタイピングをしないようにいわれたから、そのとおりにしてるんです」

「その調子よ。思いどおりになんかならないってことを教えてやりなさい」

リチャード氏が職場で軽んじられていることには気づいていた。そのリチャード氏に耐えることは、ひとつの善行なのだ。

「おばさんが授業料を払ってくれてるから、がんばらないといけないんです。前よりはタイピングも速くなってきたし、翻訳も少しずつ慣れてきています。同じ単語が繰り返し出てくるから。だから、リチャードさんもあまり粗探しできなくなって」

イザベルはそう話しながら、うわの空だった。耐熱皿の赤ん坊のことが頭を離れない。

「あなたは賢い子ね」

「リチャードさんにもそういってください」

会話を終わらせるにはちょうどいいひと言だった。イザベルはカップを流しの水につけ、「お茶をごちそうさまでした」といって、キッチンをあとにした。

その週は、カフェで出会った若者たちのことをずっと考えていた。市立図書館に行ってオーデンを探したが、見つからなかったので、速記の授業はさぼって(タイピングには出た)、公共図書館まで足をのばした。そういう名前の詩人は必ずいるはずだ。あれが夢だったはずがない。あの詩人が見つかれば、きっとあの若者たちにもまた会える。

しばらくかかって、もうひとりの詩人の名前はスペンダーだったと思い出した。「オーデンからスペンダーに――『友よ、おれは週末だけの道楽詩人』……」スペンダーの名は『現代詩研究』に出てきた。「W・H・オーデンとは異なり、スティーヴン・スペンダーは……」オーデンも見つかった。一度みつければ、なくすことは二度とない。ジョセフに会ったような気分だった。オーデンは神さまやシェイクスピアと同じくみんなのものだが、イザベルのジョセフは、イザベルだけのものだ。いっぽう、オーデンは実在するが、ジョセフは……ジョセフのイメージは、イザベルの心の中だけにしっかりと根付いている。背が高く、物分かりがよく、厳格で、愛情深い。ほんもののジョセフに会っても、このイメージは変わらないだろう。イザベルは、実際のジョセフはどんな感じだろう、と想像をめぐらせた。気分屋の小男で、太っていて活発、はげかかった頭のところどころに金髪が残っている。

丸く突き出た腹の上にきゅうくつそうなチョッキを着こんでいる……できるだけ魅力に欠ける姿を思いえがいた。嫉妬はそれだけ激しかった。

次の土曜日、イザベルは早い時間からカフェに出かけて、トロロープの『彼女を許せるか？』の一巻目を読んだ。普段より集中できない。入り口を確かめてしまわないように気をつけていた。

トレヴァーがニックとふたりで入ってきて、奥のブースに座っているイザベルに気づくと、声をかけてきた。「おや、トロロープ好きの子だ。こっちにきなよ」

イザベルがふたりのテーブルに移動すると、トレヴァーはいった。「きみが前置詞だってことは知ってるけど、まだ名前を知らない」

「イザベル。イザベル・キャラハン」

「僕はトレヴァー、こっちはニック。もう知ってるかな」イザベルの本に視線をやった。「トロロープが好きなんだね。トロロープを全部読んでしまったら、次はなにを読む？」

「わからないの」

「ジョージ・エリオットは？　読んだことはある？」

イザベルは、しかめっ面を作った。「『サイラス・マーナー』を」

「ああ、あれか。高校二年生の授業で読むよな。いやらしいちっぽけな赤い本で、背表紙に金色の飾り文字でタイトルが書いてある。あれで毛嫌いしないでほしい。『ミドルマーチ』を読めばきっと驚く！　ジョージ・メレディスもおすすめだよ。作家のことはいやなやつだと思うかもしれないけど、作品はおもしろい」

ジャネットとケネスが並んで入ってきた。小論のテーマについて議論している。

「だけど、あれを〝一握りの塵《ちり》の恐怖〟とは呼べないだろ。エリオットは死を連想させようとしていたけど、それだけで……」

「エリオットは死が好きだった。間違いないだろ？」トレヴァーがいった。

どのエリオットのことだろう？

ふたりはテーブルにつき、当たり前のようにイザベルに会釈した。トレヴァーがイザベルにいった。

「影の首相は元気かい？　きみのところの大家さん」

「ほんとうの影の首相は大家さんじゃないの。それはプレンダギャストさん。バウワーさんは、男の人に厳しいだけ。プレンダギャストさんは、なんにでも厳しいわ。あの人は死が好きなの」イザベルは、思い切って続けた。「エリオットみたいに」

「一握りの塵の恐怖が好き？」

「プレンダギャストさんは、一握りの塵というか、ボウル一杯のホイップクリームという感じね」

イザベルにしては大胆なひと言だった。イザベルは続けて、プレンダギャスト夫人がみた夢の話をした。夢をみているような抑揚《よくよう》のない話し方を努めて真似て、夫人の台詞を繰り返す。「まあ、ばかみたいな夢だったけど。茶色いネットを付けた帽子なんて、二十年も前の流行りよ」

笑っていたケネスがいきなり真顔になった。「作り話だろ！」

ジャネットがいう。「そんなことができる子に見える？」

「夢のことじゃない。夢を作り出せるのは心だけだ。脚色のことだよ。茶色いネットのくだりだ。でっちあげだろ？」

イザベルは首を横に振った。

「ケネス、そんな嘘つくわけないじゃない」ジャネットがいった。「ほんとのことよ」気遣うような顔をイザベルに向ける。「下宿してるのはあなただけ？」

「いいえ。ほかにも四人いるし、マッジもいるわ。バウワーさんの娘なの。なにか宗教に入ってるみたい。信者たちは、パジャマを着て円になって座って、低い声で呪文を唱えるんですって」

トレヴァーとケネスが、同時に嬉しそうな歓声をあげた。「オーム・マニ・ペーメエ・フーム！」

「宝石は蓮の中に。アーメン」ケネスが唱えた。

注目を集めたことに舞い上がった次の瞬間、イザベルはいきなり激しい怒りに駆られ、顔を見られないようにうつむいた。

トレヴァーはイザベルの動揺に気づき、無知を恥じているのだと勘違いした。

「仏教のマントラだよ。教会所属地《グリーブ》通りの仏教徒か。めちゃくちゃだな」

イザベルは顔をあげた。突然湧いてきた怒りに驚き、戸惑っていた。

「どういう意味なの？」ジャネットがたずねた。

ケネスが答えた。「宝石は蓮の中にある、っていうチベット語だよ。意味は知りたくない。わからないところがいいんだ」

「個人は宇宙の中にある、という意味だ」トレヴァーがいった。「楽しみを奪って悪いな、ケネス」

「わたしの楽しみは奪ってないわ」と、ジャネット。「まだ、どういう意味かわからないもの。ケネス、パーティーはどうする？　ヴィニーを連れていくの？　ほかの女の子を誘う？」

一瞬、沈黙が流れた。

ケネスの顔は露骨な怒りにゆがみ、目は石のように冷ややかになった。わざとらしく取り澄ました口調で詩を暗唱する。

おれはベルモントに行き
そこで金の小箱を選んだ
中には書きなぐられた下品な言葉
おれは箱を閉じ
言葉はそのまま箱の中

ケネスの表情がふっと元にもどった。ほかの三人は、つかの間《ま》むき出しになった悪意に気圧《けお》されて、押し黙っていた。

イザベルはフランクの言葉を思い出した。『あなたのばかでかい図体をわたしの視界からどかせてください』。〝下品な言葉〟とはこういうことだろうか。笑いがこみあげてきて、ほんとうに笑いだしてしまわないか、一瞬ひやりとした。

だが、ケネスにはジョセフがいる。

ジャネットは、無理に明るい声を作っていった。「よく出来てるけど、出版はしないほうがいいかもね」

ケネスは、ふざけてごまかす策に逃げ、肩をそびやかしていった。「まだ自分が詩人に向いてるのかわからないからな」

イザベルは、ジャネットの言葉の意味がわかった。ケネスは他動詞だが、定形動詞ではない。目的語はいくらでも取るが、特定の主語がないのだ。

今度はケネスが自分の話を始めた。顔の表情が、着飾ってダンスをしているように、くるくる変わる。両手が忙しなく宙で踊る。「だから、あの先生にいったんだ。『先生、どうしてフォードの講義をしないんですか？　フォードの作品はエリザベス朝時代の情熱を端的に表していると思いませんか？』『ミスター・ライン、最後の二回の講義はフォードの作品を扱ったよ』」

フォードって？　エリオット・フォード？

ケネスは、話をする合間も、きまり悪そうにうつむいていた。

「ほんとに、怠け者の困った学生ね」ジャネットは愛情をこめていった。

イザベルはその愛情を腹立たしく思い、腹立たしく思った自分がいやになった。

カフェを出ると、トレヴァーはイザベルと並んでグリーブ通りを歩いた。下宿の手前の角までは同じ道だ。

「どうして大学に行かなかったんだい？」

「生活があるから」

「運が悪かったね」

イザベルは、そうは思わなかった。『生活があるから』という言葉には、言外《げんがい》の意味もある。週に稼ぐ四十二シリングと六ペンスというお金と、それだけのお金を稼ぐ能力は生きていくための資本だ。そして、トレヴァーたちが論文のテーマや課題について話すのをきいても、うらやましいとは思わなかった。

「そうでもないわ。わたしは本が読めればいいの。本を論じて、本について書きたいとは思わない」

トレヴァーは話しやすかった。同年代の若者というより、先生のような雰囲気があるせいかもしれない。

イザベルの言葉をきくとトレヴァーは考えこんだ。

「まさにそのとおりだ。文学は紳士の楽しみで、商売人の道具じゃない。紳士は生まれつき紳士だし、商売人も生まれつき商売人だ」

どこか沈んだ声だった。気分を損ねてしまったのだろうか。だが、角までくるとトレヴァーはいった。「また来週も会えるかな？」

イザベルはうなずき、弾む足で下宿に帰った。

イザベルは、ほんとうの意味で生きていた。日曜日には必ず公共図書館に行き、学生たちの話に出てきた作家の本を探した。エリオットを読み、オーデンを読み、スペンダーを、マクニースを読んだ。キッチンには寄り付かなくなり、良心を痛めることなくバウワー夫人に嘘をついた。イザベルは、土曜日のために生きていた。だが、土曜日が過ぎてみると、様々な感情が入り交じる複雑な思いで、その日のことを振り返った。イザベルは、ほんとうの意味で生きていながら、これまでで一番嘘をついていた。

イザベルはジョセフに語りかけた。夜、ベッドに横向きに寝そべり、片方の肩を枕にうずめて、頭の中の考えをジョセフに打ち明けた。「生まれたときから出来の悪い人間がいるのは仕方ないと思うんです。自分で選んでそうなったわけじゃなくて、造り手がうっかりしていたかなにかで。だけど、どうして、変わるという選択肢がないんです？　わたしは、選べると思ってました。人生をひとつの部屋みたいにして、中に入れるものを選べると思ってました。それは思いあがりだったんでしょうか？　修道士も修道女もそうしてるのに。神さまや、お祈りや、断食を使って。わたしたちにできることはないんですか？」

「それに、人生はちっとも部屋みたいじゃありません。どちらかというと、海の中で泳ぐのに似ています。海流や潮流にさらわれて、望んでもいないところに連れていかれるんです」

海流や潮流とは、正体不明のよこしまな情熱や、怒りや、妬《ねた》みのことだ。なかでも、打ち克つことのできない寂しさは厄介だった。学生たちがどんなに快く迎えてくれても、イザベルは、どうしても完全な資格を手にできない。ほんとうの意味では、彼らの一員にはなれない。「ケネスをうらやましく思うのは仕方がないんです。あなたがいるから。ケネスにはほんもののジョセフがいるから。ばかみたいだってわかってます。ほんもののジョセフはあなたとは全然ちがうんですから。でも、それはそれです。わからないのは、どうしてわたしはマッジに腹を立てているんでしょう?」

イザベルは、あの時に感じた苦痛が忘れられなかった。怪しげな呪文だとばかり思っていたものは、じつは仏教のマントラで、学生たちの崇拝《すうはい》の対象だった。

「マッジがいつも無表情で、食べ物をかならず三十二回嚙むからでしょうか? 確かに、あの癖にはぞっとします。それとも、わたしが知らなかったことを知っていたからでしょうか? でも、いつもなら、そんなことはあまり気にしないんです。

ジョセフ、昔に戻ったみたいです。良心を検分《けんぶん》するなんて。信心深かったころは、そうやって、生まれつき出来の悪い自分と折り合いをつけてました。臨終の告解《こっかい》にすべてを賭けることにしたんです。犯した罪の全部に名前を付けて、リストにして、臨終のときに備えてました。でも、リストがすごく長くなったから、リストを作る代わりに地獄を信じるのをやめにしたんです。ジョセフ、親愛なるジョセフ」

マッジに恋人ができた。婚約もすませた。ある日の夕食の時間に、マッジは見慣れない顔の男性をリビングに連れてきて、よく通る声ではっきりといった。「お母さん、ちょっときてくれる？　アーサーを紹介したいの。わたしたち、婚約したのよ」

バウワー夫人が姿を現すまでにしばらくかかったので、そのあいだにイザベルたちはちらちら目を合わせながら、アーサーを観察した。小柄でぽっちゃりしていて、金色の髪はくしゃくしゃだ。目は飛び出しそうに大きく、横顔はギリシャの彫刻のように美しかった。

バウワー夫人が、キッチンの入り口に出てきた。怖気《おじけ》づいたような間《ま》の抜けた表情で、信じられないといいたげにアーサーを見る。

アーサーは、バウワー夫人の手を取って握手をしたが、その手をどうすればいいのかしばらく迷い、最後には夫人の体のわきにもどして、にっこり笑った。

「お会いできてほんとうに嬉しいです」アーサーは、息を弾ませていった。

目が飛び出しそうに大きく見えるのは、緊張しているせいかもしれない。

バウワー夫人は黙ってうなずくと、くるりとうしろを向いてキッチンにもどっていった。

ベティが飛び跳ねるように立ち、マッジの両肘《りょうひじ》をつかんで頬の両方にキスをした。

「ほんとうにおめでとう」そういってアーサーに手を差し出す。「おめでとう！　お幸せにね」

「ありがとうございます」

アーサーの目が元にもどる。一キロ走ってきたような顔だ。

イザベルは正直な感想を述べた。「すてきな指輪ね」

縞模様《しまもよう》のきらきらした黒い宝石が、大きな金の台座にはめこまれている。

「石がいくつかまじってるの。基本は紅玉髄《カーネリアン》だけど、縞模様のところはトラ目石と鉄鉱石よ。アーサーが北部で見つけてきてくれたの。結婚したらこの指にはしないわ。おそろいで普通の金色の指輪をはめるつもり。この指輪は右手につけるの」

イザベルは息をのんだ。マッジに対する憎しみがぱっと燃え上がる。自分が同じ立場だったら、きっとまったく同じことをしただろう。

「お茶を飲んでいくでしょう?」ベティがアーサーにいった。

「ちょっと寄っただけなんです。みなさんに知らせておきたくて」

「いいじゃない。カップを取ってくるわ」

ベティはマッジに目くばせをしてキッチンに入っていき、受け皿にのせたカップをふた組持ってもどってきた。かすかに上がった口の両端に、満足げな色がにじんでいる。

「マッジ、淹れるのはまかせるわ。アーサーの好みは知ってるでしょうから。さあ、詳しくきかせてちょうだい。結婚の日取りはいつ?」

芝居を見せられているようだった。イザベルには演目がわからない。なぜベティが女主人の役をしているのだろう。どうしてこんなに取り澄ましているのだろう。バウワー夫人はどこにいるのだろう。

イザベルは自分の好奇心を、女性向け週刊誌の連載小説みたいだ、と思った(ちょうど読んでいる最中だ）。

　夕食が終わってもベティは女主人の役を続けた。イザベルが、使ったカップや皿を重ねてトレイにのせていると、ベティが横からいった。「いいのよ、わたしがやるから」

　キッチンがドラゴンの棲《す》み処《か》かなにかで、入る勇気があるのは自分だけだといわんばかりだった。

　イザベルは首を傾げた。


　カフェの午後は物憂《ものう》げな空気に包まれていた。会話は弾まず、退屈は鳥のように若者たちの肩にとまっていた。

　ケネスがいった。「大家さんはどうだ？　アダ・ドゥームおばさん〔イギリスの作家ステラ・ギボンズの手によるコミックノベルの登場人物。人嫌いで陰気〕は元気か？」

　楽しい話をしてくれとケネスに頼まれるなんて、イザベルの地位が上がった印だ。だが、イザベルは気乗りがしなかった。下宿の話はしたくない。

「いまは雰囲気が悪いの。マッジが仏教徒の変わり者と婚約したんだけど、バウワーさんが大反対してて」

「マッジ、よかったわね」ジャネットがいった。

　下宿の雰囲気はほんとうに悪くなっていた。お茶に呼ばれれば、イザベルは断り方がわからずにふらふらとキッチンに入っていく。そして、バウワー夫人の愚痴に耳を傾ける。夫人は、アーサーと、マッジの愚行を嘆いた。もちろん、マッジの犯した愚行は、アーサー自身だ。「仏教徒の変人なんか選ぶなんて。あんな輩《やから》には近づいちゃいけなかったのよ。なにかを信仰したいなら、ほかにいくらでもまともな宗教はあるじゃない。口を酸っぱくしてそう言いきかせてきたのに、あの子が耳を貸したと思う？　貸すもんですか。男の人と出会う機会なら、この家にいくらでもあったはずなのに。あんな相手になにを期待しろっていうの？　寝間着姿で円になって座って、無意味な言葉をつぶやくしか能がない男よ」オーム・マニ・ペーメエ・フームのことだ――この話になると、いまも心臓がずきっと痛くなる。

「娘には言いきかせてたの。『わたしのことは心配しないで。わたしが心配なのはあなたよ』。ここをひとりで切り盛りできるかわからないけど。あんなこと、いうんじゃなかった。娘は洗脳されたのよ。おかしな宗教に取り込まれてしまったの。かわいそうに、あの子は昔から弱い子だった。相手がどんな男でも、求婚されればころっと参ってしまうのよ。前の恋人は四人の子持ちの男やもめだった。あのときは分別を取り戻したけど、今回はその見込みもないわね。なにをいっても響かないわ。あの男が娘に贈ったがらくたを見た？　あれが婚約指輪？　まともなダイヤも買えないってことよ。いつもいってるんだけど、まともな婚約指輪があれば、女性はそれで少しは自分の身を守れるわ。マダム・ベティをごらんなさい。手元に残った財産は婚約指輪だけよ。それから、小さい荷物がひとつ。もちろんあの男は頭がおかしいのよ。目を見ればわかる。でも、マッジもたいして変わらないような気がしてきたわ」

プレンダギャスト夫人の返事は、ほとんどバウワー夫人のなぐさめにならなかった。

「仕方がないわよ」

「恋愛はいつもギャンブルね」

「わたしのおばは、クリスチャン・サイエンスに興味があってね。あそこもかなりおかしいところだったわ」

バウワー夫人は、腹立たしそうにぴしゃりと返した。「今回のこととそっちのクリスチャン・サイエンスはなんの関係もないでしょう！」

プレンダギャスト夫人は驚き、むっとした顔になった。それきり口をつぐみ、つんと澄まして沈黙を守りつづけた。

イザベルはがっかりした。プレンダギャスト夫人からクリスチャン・サイエンスの話をきいてみたかったからだ。マッジの退屈な恋愛にも、なにより、退屈なバウワー夫人にも、いい加減閉口していた。だがイザベルがこの家で役に立つのは、残念ながら、こうしてキッチンに座っているときくらいなのだ。幸いバウワー夫人は、適当な相づちさえあれば話しつづけることができる。

下宿での悩みはほかにもあった。間借り人たちのことだ。ワトキン氏は自分だけの大気圏を移動する惑星のように暮らしていたが、ほかの間借り人は、そろってイザベルに冷たく当たるようになった。

「イザベル、そのコートどうしたんだ？」

ノーマンが、小ばかにしたような目でイザベルのコートを見る。

「もらったの」

「だと思ったわ」

ベティが、コートを上から下まで眺めまわして、そっけない調子でいった。「昔はしゃれてたんでしょうけど」

イザベルは、お返しにベティを上から下まで眺めまわした。返す言葉は思いつかなかったが、少しはむっとさせることに成功した。

「あの手のいやがらせが、わたしは大嫌いなんです！」その夜、イザベルはジョセフに訴えた。「しかも、ベティはきれいなんです。年齢は関係ありません。わたしがベティに勝てる武器は、十八歳という年齢だけ。それがなにになるんです？　だれだって一度は十八歳になるんですから。それにジョセフ、どうしてみんなはわたしを嫌うんです？　もし、これが十一番目の戒律《かいりつ》なら我慢してみせます」十一番目の戒律は、『汝《なんじ》、他と異なるなかれ』だ。「ノーマンのことはどうでもいいんです。苛々《いらいら》するのが趣味みたいな人ですから」ノーマンが自分に苛立つ理由について、イザベルは風変わりな仮説を立てていた。ノーマンは、ベティがいなくなるとポルターガイストのような大騒ぎを始め、ベティがもどるとおとなしくなる。彼にしてみればイザベルのような人間には若さがもったいないのだろう。だが、問題はベティだ。少し他人に無関心なところはあるにせよ、人当たりがよくて礼儀正しい。そのベティが、なぜイザベルに敵意を向けるのだろう。「ベティには気に入られたかったんです。こういう時、不安になるんです。みんながわたしを嫌っているのに、わたしにはなぜだかわからないんです」

ジョセフは返事をしない。ジョセフはただ耳を傾ける。

下宿先ではみじめな思いばかりしていたので、カフェで若者たちがぴたりと口をつぐんだとき、イザベルだけは内心救われたように感じていた。ジャネットが入り口のほうを見て、押し殺したようなうめき声をあげる。「嘘でしょ。誰かさんがおでましよ」

ニックは顔をこわばらせ、凍りついたように動かなくなった。

背の高い黒髪の女の子が、食い入るような目で入り口からこちらを見ている。

「五十一丁目に行ったんだわ。ヘレンがここを教えるわけがないから、たまたま気づいたのね。最悪」

ケネスは、無作法な視線を避けるようにうつむいていた。

トレヴァーが立ちあがり、テーブルに勘定を置くと、足早に女の子の元へ向かった。相手の腰に腕をまわして、一緒に歩きはじめる。

ジャネットが険しい声でいった。「自尊心なんかないのね。これっぽっちもないのよ。ニック、避けてばかりいないであの子とちゃんと話したほうがいいわ。こんなことしても無駄だってわからせれば……」

「無駄だってことはとっくにわかってるよ」ケネスがいった。

「じゃあ、どうして?」

「そりゃまあ」ケネスはゆっくりと答えた。「ニックを困らせようとしてるんだ。なにもできないよりはましなのかもしれない」

ニックはマッチに火を点け、真っ黒になったそれを両手のあいだにそっと置いた。親指の付け根のそばに黒焦げのマッチを一本ずつ置き、見分けのつかない二本のマッチをじっと見つめる。不自然なほど平静な顔は、激しい心の動揺を隠すためのものにちがいない。

「ニックにできることはひとつもない。あの女が飽きていやがらせをやめるまで待つしかない。だから、ニックをうるさくせっつくのはやめろよ」

自分を石や腐ったトマトのように相手にぶつけたところで、自分自身が激しく損なわれるのがせいぜいだ——イザベルは、目が覚めたようにはっとした。

さっきの女の子がダイアナにちがいない。過去分詞と呼ばれていたダイアナだ。あの意地の悪い皮肉をきいたとき、ニックは口元をゆがめて笑っていた。ほかにどんな反応をすればいいのかわからなかったのかもしれない。

イザベルはダイアナをかわいそうに思ったが、好奇心も覚えた。どんな気持ちなのか知りたかった。これと同じ感情を、女子修道院の同級生がムチでぶたれていたときにも抱いた。あの子たちは、それがどんな気持ちなのか知っていた。

「ニック、帰ったほうがいいんじゃない？」ジャネットがいった。「わたしも五十一丁目に行って、ヘレンに会うわ。そういえば、ミッチは？　今日は自分のソネット集を持ってくるっていってなかった？」

ケネスがいった。「五十一丁目に行けばわかるだろ」

「あなたと話してみたい」イザベルは心の中で、黒髪の女の子に呼びかけた。「苦しくてたまらないのに、入り口から愛するだれかを見つめて絶望しているあなたと話したい」

「くるつもりならもう着いてるわよね。じゃあ、行ってみるわ」

ニックとトレヴァーは、五十一丁目に住んでいる。イザベルには、五十一という数字が神秘的なものに思えた。

若者たちは、会計をしてそれぞれの分を払った。

「イザベル、きみもくるか？」

心の中でだれになにを呼びかけていようと、それがわかるのは自分しかいない。ケネスにはだれもが時どきうんざりさせられるが、いっぽうでは、だれもが彼の言葉には耳を傾ける。そして、イザベルもそのひとりだった。

一行は五十一丁目に向かった。ジャネットは怒りが和らいだのかのんびり歩き、青年ふたりは前を歩いている。イザベルは、不思議な気分でニックのうしろ姿を見ていた。いまもきっと、美しく冷静な顔の下には、脆《もろ》さと、戸惑いと、無力感が隠れているにちがいない。

グリーブ通りを歩いて、いつも右に折れる角を左へ行き、もうひとつ角を曲がると、庭付きの大きな家が建ち並ぶ通りに出た。五十一丁目の家は、古風な食器棚のように装飾的な建物だった。どっしりした玄関の扉には、磨きこまれた真鍮《しんちゅう》のドアノッカーが付いている。扉の両わきにはめこまれたステンドグラスは、ルビー色とエメラルド色に鈍《にぶ》く輝いていた。

「ここがヘレンの家よ」ジャネットがいった。「ご両親が亡くなっても絶対に人手に渡さなかったの。部屋を貸してるのは維持費をまかなうため」

ニックは扉を開け、すまなそうな顔でちらっと三人を見ると、二階に上がっていった。

ジャネットがつぶやく。「ほんとに、あの女のせいよ。放っておいてくれればいいのに……」

ケネスはうなずき、心配そうに眉を寄せてニックの背中を見た。イザベルはその表情で、一瞬だけケネスを身近に感じた。

「いけない、ヘレンにあいさつしなくちゃ」

ジャネットが先に立ち、三人は廊下を抜けて広々としたキッチンに入っていった。そこには、色の浅黒い、小柄でがっしりした体格の若い女性がいて、テーブルで本を読んでいた。「いらっしゃい。ニックとトレヴァーも一緒かと思ったわ」

「そうよ」ジャネットは椅子に座り、ケネスはテーブルのはしに腰掛けた。イザベルが立っていると、ヘレンが笑顔を向けていった。「どうぞ、座って」

「ああ、ごめんなさい。こちらはイザベル、彼女がヘレンよ。ニックは二階にいるわ。カフェに誰かさんがきたのよ」

「嘘でしょ。あなたたちの居場所は教えなかったのよ。教えてあげたくなったけどね。かわいそうに、あんなに執着しちゃって」

「かわいそう？　かわいそうなのはニックでしょう？」

ケネスが横からいった。「いつかはあきらめるしかない。そうだろ？」とたんに顔を輝かせ、続けた。「次の王子はトレヴァー。重すぎる愛はオーバー」感じ悪くククッと笑う。

だが、カフェにいたあの女の子は、憑《つ》かれたような目付きを別にすれば美しかった。死ぬ前から死体になるというのは、ほんとうに恐ろしい。まわりにはハエが群《むら》がり、うるさく羽音を立てる――『自尊心なんかこれっぽっちもないのよ』『あんなに執着しちゃって』。ハエは、ニックに同情して憤《ふん》慨《がい》しているが、それでいて死体に群がるのを楽しんでいる。

イザベルは、ダイアナが追い込まれた苦境を思って恐ろしくなった。美しさが身を守る術《すべ》にならないことに驚いてもいた。

オートバイのエンジン音が庭から切れ切れにきこえてきた。ニックの沈黙を埋め合わせているかのようだ。

「おや、ニックが行くぞ。逃亡だな」

「てっきりあきらめたと思ってたのよ」ヘレンがいった。「二週間前から見かけなかったから。ほんとに、あの子が廊下を歩いてくる音がしたときは、がっかりしたわ」

離れていた二週間はどんなにつらかっただろう。だが、ダイアナのその努力は、だれにも誉《ほ》めてもらえない。

ジャネットが厳しい声でいった。「やっとニックとアンシアの仲を引き裂けたからでしょ。だから落ちついたのよ。見ててごらんなさい。ニックがだれかほかの女の子と親しくなったら、なにをするかわからないわ」

「びっくりだな」ケネスがいった。「だれかに執着すると、自尊心とかプライドとか、そういうものを全部なくすんだ。いってみれば、自分自身をミサイルにするようなもんだよ」

イザベルは不思議に思った。自分とよく似た考え方をしているのに、どうしてケネスを身近に感じられないのだろう。

ジャネットがいった。「男の気を引く新しい方法ね」

イザベルには、ニックが国を追われた王子のように見えた。元々、カフェにたむろしておしゃべりをするような身分ではないのだ。謀反《むほん》が起こり、王子は自分の王国から追い出された。

「ダイアナ、どんなことをするの？」イザベルはたずねた。

「外に立ってるのよ」ジャネットはいった。「ニックがどこに行くときも、あとをつけて、外に立って見張ってるの。アンシアと仲良くなったときも、あとをつけてお店の外に立ってたわ。幽霊みたいに付きまとうんだから」

ヘレンがいった。「アンシアがニックを好きだったなら、努力して乗り越えたはずよ」

「好きかどうか確かめる時間もなかったのよ。あの子があきらめるまではどんな女の子も同じことになるわ」

「ニックのファンはゼロ」ケネスは大声で笑った。「ひとりだけいるか」

ジャネットは険しい顔でケネスを見た。「ニックには笑い事じゃないわよ。本人はなにもいわないけど。トレヴァーにはなにか話したんじゃないかしら……」

ちょうどそのとき、トレヴァーがキッチンに入ってきた。困惑したような、よそよそしい表情だ。

「家に送ってきたの？」

トレヴァーはうなずいた。「イザベル、本を見においで。なにか貸してあげられるかもしれない」

トレヴァーが自分を寝室に誘っている。イザベルはうろたえた。信心深かった頃の自分が、気をつけなさいと叫んでくる。だが、この誘いを変だと思う者はいないようだ。トレヴァーの誘い方も気軽な感じだった――いや、いつもより余計に気軽な感じがあったかもしれない。イザベルは席を立ってトレヴァーについていった。重い足をぎこちなく動かしてキッチンを出ると、階段の手すりにしがみつくようにしてトレヴァーのあとから二階に行く。

『ミドルマーチ』は貸せないんだ。ジョージ・エリオットについて卒論を書いてるところだから」

トレヴァーはイザベルを女の子だと思っていないのかもしれない。ただの読書仲間だ。それなら、寝室に招き入れようとしていることにも納得がいく。

「どうぞ、入って」

トレヴァーは、隠し事でもあるような、楽しげな微笑みをイザベルに向けた。だが、意地の悪い感じはしない。肘掛け椅子からクッションを取り、イザベルが座れるように本棚の正面に置いた。イザベルは、本棚を前にすると家に帰ってきたような気分になったが、知らないタイトルを眺めているうちに自分をよそもののように感じてきた。

「ロシア人作家はどうだい？　ドストエフスキーは読んだことある？」

イザベルは首を横に振った。

「読んだほうがいいよ。まずは『罪と罰』からだ。これが合わなかったらほかの作品も合わない」トレヴァーは、親しみやすい赤と白の本を棚から取った。エヴリマン版のペーパーバックだ。イザベルに渡しながらいう。「きみのことだから、ドストエフスキーも一気に読破するんだろうな。よくやるよ」

イザベルは気持ちが沈んだ。間違った読み方なのだろうか。いつもこうだ——なにも考えずに行動すると、必ずばかな真似をする。考えるだけで気が重くなった。自分の行動を逐一検討しなくてはいけないとは。きまりはどこにあるのだろう。なにを手本にすればいいのだろう。

「きっとドストエフスキーの感想もきかせてもらえないんだろうね。本について話すのは好きじゃないんだろう？」また、あの微笑みだ。「きみがしたいのは読むことだけ」ふと表情がかげる。「あれはぐさっときたよ。僕はどうしても、批評家だって必要とされるはずだと考えてしまう。批評を芸術だと考える人だっている。芸術家は経験に感化され、批評家は本を読んだ経験に感化される」

「ケネスはいい詩人だと思う?」

そうたずねながら、ちがいますように、と祈っていた。どうしてこんなふうに考えてしまうのだろう。ケネスの詩がつまらない作品でありますようにと願うなんて、なんて卑《いや》しいんだろう。

「いまのところ、すごくいいと思うよ。間違いなく才能がある」

トレヴァーの声には含みがあった。「なにかいいたそうだわ」

「僕にもわからない。いい詩人だと思いたいんだ。人が成功するかどうかなんてわからないだろう? あいつが成功しなかったらほんとうに残念だよ」それから、不思議なひと言を付け加えた。「ケネスがいい子と出会えるといいんだけどな」

「ミッチはどう?」

「ケネスほどの才能はないけど、自分の感情を丁寧に表現してる」そこでにやっと笑った。「それは間違いない」

いつのまにかイザベルは、傷ついていたことを忘れていた。トレヴァーとのやり取りがおもしろくてたまらなかった。おまけに、本まで貸してもらえる。

「気が向いたら、こっちも読むといい。ほら、ここだ」トレヴァーは、ベッド脇のサイドテーブルの棚を開けた。上下の仕切りそれぞれに雑誌が並んでいる。「どっちも文芸誌で、上が〈アルナ《ARNA》〉、下が〈ヘルメス《Hermes》〉だ。雑誌だけは持っていかないで。それから、絶対に順番を変えないでくれ」

「ケネスの作品をなにか見せてもらえる?」

そのとき、階下の時計の鐘が鳴った。一、二、三、四、五……六回目は鳴らない。六度鳴らなかったことだけは間違いない。イザベルは弾《はじ》かれたように立ち、パニックになりながら叫んだ。「帰らなきゃ」

『罪と罰』をつかみ、もつれる舌でいう。「読み終えたらどうすれば……」

「僕がいなくても勝手に入っていいよ。本をもどして、次は『カラマーゾフの兄弟』を読むといい」

きっとバウワー夫人は怒っているだろう。

「ありがとう。急がなくちゃ。時間を忘れてたわ」

「慌てすぎだよ、シンデレラ」トレヴァーは首を振り、声をあげて笑った。

どうしてシンデレラだなんていったの？　わたしはもちろんみじめなみなし子だけど、どうしてトレヴァーがそんなことを知ってるの？

ばかね、時計が鳴ったからにきまってるじゃない。ありもしない悪意を探すのはやめなさい。

イザベルは急いだ。いきなり駆け出した七歳の子どものような走り方だった。グリーブ通りを走り抜け、一ブロック向こうの角を曲がる……。

リビングに到着すると、自分の席にすべりこんだ。目の前には、冷《さ》めかけた子羊のカツレツの皿がある。ほかの間借り人たちは顔をあげ、帰ってきたイザベルをちらっと見た。冷ややかな視線だった。いつだってこうなる。努めて礼儀正しく振舞い、頼まれる前に塩を取って渡し、もし許されるなら、ベティとだって仲良くした。だが、それは許されなかった。今夜は普段よりもいっそう、よそよそしい空気がこたえた。おなじみの恐怖が襲ってくる。また、なにか怒らせるようなことをしたのだろうか。トレヴァーの部屋で平和な楽しい時間を過ごしたせいで、恐怖の棘《とげ》をいっそう鋭く感じる。こんなふうにわれを忘れると、いつもろくなことにならない。

イザベルは、皮肉っぽい気分で、マッジの規則的なあごの動きを数えた。三十一、三十二……。それでも元気は出ない。自分がどこでなにを間違えたのか、教えてほしくてたまらなかった。


日曜日、マッジがローストの皿を配膳棚からテーブルに運んでいると、バウワー夫人が腹立たしげな顔でキッチンの入り口に現れた。夫人の顔には、怒りの歴史が刻みこまれている。刻みこまれた怒りのしわが動き出すと、その効果は恐ろしいほどだった。

「だれかシーツを替えてない人がいるわね。朝のあいだずっと、廊下にシーツとタオルが残っていたわよ。日曜日だっていうのにお行儀のいいこと。シーツは朝食のあとすぐに替えてちょうだい。使ったシーツは洗濯室に持っていくのよ」

イザベルは声をあげた。「ごめんなさい。わたしだわ」その日の朝は急いで起きたので、日曜日だと気づかずにベッドメイクをすませてしまった。「すぐにやります」

「あら」夫人は、犯人がイザベルだったと気づくと、とたんにいつもの顔にもどった。「いいのよ。じゃあ、夕食が終わるまで置いておくわ」

ゆうべのことは問題になっていないようだった。夫人はイザベルが夕食に遅れたことに気づいていない。

キッチンにもどったバウワー夫人は、険《けん》のある声でプレンダギャスト夫人と話しはじめた。イザベルはまた体をこわばらせたが、門限やシーツが話題にされている様子はない。話はアーサーのことだった。

「ほんとうにここで暮らすつもりなのよ。紳士ぶってるけど、なにが目的かまるわかりだわ。結婚したらすぐに、面倒な仕事なんかやめるつもりよ。談話室の肘掛け椅子に陣取って一生そのまま居座る気ね」

夕食の席に気まずい沈黙が流れた。ナイフとフォークが重たげに動く。

マッジは席を立ち、キッチンの入り口に行った。物を噛む時のように慎重に口を動かす。「わたしにいいたいことがあるの？　あるならいってちょうだい」

ノーマンが頭の上で両手を組み、腕と肩を嬉しそうに揺らしながら、いいぞ、といいたげに、マッジの背中ににやっと笑いかけた。ベティが顔をあげ、ノーマンに微笑を向ける。キッチンが、しんと静かになる。

バウワー夫人が、激しい怒りのこもった声でいった。「自分の恥を他人様《ひとさま》に知られてもいいってわけね……」

ティムが急いで紙ナプキンを口に押しこんだ。押し殺した笑いで肩が震えている。

イザベルは、マッジの気迫に圧倒されていた。自分もあんなふうに声をあげられていたら……。

マッジは母親をさえぎった。「アーサーがここで暮らそうっていったのは、ママがひとりじゃ下宿をやっていけないっていったからよ。ここに住んでほしくないなら、わたしたちにもすごく都合がいいわ。どうしてほしいのかいってちょうだい。いい？　わたしたちはママがいなくてもちゃんとやっていけるの」

水を打ったように静かになった。マッジがきびすを返して出ていく。イザベルには、マッジが残した夕食の皿が、なにか神聖なもののように見えた。

そのとき、頭を殴られるような衝撃と共に、あることに気づいた。

わたしがマッジを憎んだのは、口に入れたものを三十二回嚙むせいじゃない。

わたしがマッジを憎んだのは、わたしがマッジの代わりになっていたからだ。

なにかで読んだことがある。飛行機の窓から外をのぞくと、高度が適切で空がよく晴れてさえいれば、タスマニア島が、まさに地図の形のとおりに見えるのだという。いま、イザベルは、晴れた空の上で、適切な高度から、眼下のタスマニア島を見晴らしていた。島の形をきちんと確かめるには時間がかかる。衝撃に打たれたまま座っていた。ベティはキッチンに行き、ほかの間借り人たちは残り物を集め、皿を重ねている。

育った家を出たとき、イザベルはこれで自由だと思った。ちがう人間になり、目の前に広がる世界を見に行くのだ、と。前に進んでいるとばかり思っていたが、気づけば後もどりをしていた。同じ戦いに懲りずに挑み、今度こそ勝って判決をくつがえし、だれかのお気に入りの子どもになろうとしていた。

ベティがトレイを持ってもどってきて、缶詰の桃とゼリーを配る。葬儀でも取り仕切っているかのように厳《おごそ》かな手つきだ。使った皿を重ねてトレイにのせ、キッチンに運んでいく。

バウワー夫人のお気に入りの子どもですって？　イザベル、立派な目標とはいえないわね。だが、ずっと欲しかったものが手に入りかけたとき、人はそれがどんなにつまらないものでも気にしないのだ。たとえば権力のように。記憶がよみがえってくる。小柄で気の弱いギブソンさんのことだ。恐妻家で、プラマー通りの向かいに住んでいた。ギブソンさんは、飼っている子犬が粗相をすると、正義の行使者のような冷ややかな顔で、子犬の鼻先をおしっこの水たまりに押しつけていたものだった。

どんなぼろでも、屋根裏のみそっかすは喜んで人形にする。

オーデンは、いつも心の中に大衆の存在があった(『しかし、彼らは電線という電線を切ってしまい、わたしにはもう大衆が求めるものがわからない』)。

イザベルの中には、いつも屋根裏部屋のみそっかすがいる。

イザベルは立ちあがり、片付けを手伝いに行った。体にうまく力が入らないが、落ち込んではいない。頭の中が澄んでいた。マッジが立ち去るのを見たあとでは、落ち込むことはできない。あれは、心が浮き立つような奇跡だった——犬の体から骨が一本抜け出して、そのまま歩いていくのを目撃した気分だった。ほかの間借り人たちも、静かに頬を上気させ、笑みをこらえていた。

部屋にもどったイザベルは、ベッドに腰かけて考え込んだ。自分とオーデンはちがう——自分は、屋根裏のみそっかすが求めるものも、それを得られないということも完璧にわかっている。屋根裏のみそっかすは、求めるものを得られない。今回のことは、ジョセフとも関係がない。理想のジョセフに話しかけているときは、恋人ではなく、正確には父親のような存在を想像する。いってみれば、ジョセフとの会話はゲームだ(どんな屋内《インドア》スポーツよりもインドアなゲームだ。イザベルはそう考えておかしくなった)。あれはゲームだという自覚がある。現実の世界を侵食してくることはない。いや、ある意味では侵食している。ほんもののジョセフがいるせいだ。問題はそこだった。そのせいで、イザベルはケネスを妬んで憂鬱《ゆううつ》になる。

ジョセフ、あなたの名前を変えたほうがいいみたいです。イザベルはそう考えたが、実行に移せなかった。夢想に命を与えるには、ほんの少し現実の要素が必要なのだ。

なぜケネスが妬ましくなるのか忘れないようにして、彼を憎まないように努めればいい。

心の中にいる屋根裏のみそっかすは、現実の世界に戦いを仕掛け、そして——なお悪いことに——この瞬間まで、イザベルはそのことに気づかずにいた。イザベルは考えた。自分の心の一部を見張り、制御し、屈しないように戦うことを、一生続けていけるのだろうか。それでも、ためらいはあまりない。新しい事実に気づいたいま、力が湧いてくる。少なくとも、これで、自分がどこで間違えたのかがはっきりした——間借り人たちの反感を買ったのも当然だ。イザベルは、バウワー夫人に取り入って、マッジの代わりを気取っていたのだ。

屋根裏のみそっかすは、母親が欲しかった。

屋根裏のみそっかすは、母親がもらえなかった。

人生はとてもむずかしい。

家の中は静かだった。だれかが二階に上がってくるのがきこえる。それがマッジの足音だと気づくと、イザベルは悲しみと落胆で叫びだしそうになった。マッジが結局は折れて、さっきの堂々とした決別の場面を、見掛け倒しの芝居に変えてしまったのだろうか。そのとき、マッジがだれかに話しかける声がきこえた。アーサーが一緒なら、まだ望みはある。イザベルはトイレに行くふりをして、こっそり偵察に行った。

マッジは、部屋の扉を開け放して、中でアーサーと荷造りをしていた。イザベルは、隠れようとさえしないふたりを見て、心から感嘆した。部屋に近づき(庶民が公爵に近づいて、その高貴さに少しでも与《あずか》ろうとするかのように)、声をかける。「なにか手伝いましょうか?」拒絶されたとしても気にしない。理由はわかっている。

マッジは、ボール箱に靴をしまいながら、顔をあげた。にっこり笑った顔が美しかった。

「ありがとう。アーサーと一緒に荷物を車に運んでくれるかしら。すごく助かるわ」

小太りでぼんやりした目のアーサーも、いまは貴族のような雰囲気を漂わせ、勝利の喜びと活力を振りまいている。楽しげにスーツケースを抱え、先に立って階段をおりていった。

イザベルは心配していた。いや、イザベルではなく屋根裏のみそっかすは、バウワー夫人に出くわすことを心配していた。部屋にもどる途中、心臓がどきりとした。様子をうかがっていたらしい夫人がキッチンのドアの向こうに隠れるのが見えたからだ。バウワー夫人には、イザベルの立ち場を知らせておいたほうがいい。だが厄介なことに、屋根裏のみそっかすはイザベルの心に棲みつき、すっかり支配してしまっていた。

荷物を最後まで運んでしまうと、イザベルは門のところでお別れをいった。マッジはイザベルにキスをした。自分が受けるべきキスではないとわかっていたが、気にならなかった。いいことをしたように感じた。そこにいて、代わりにキスを受けたことは、正しい行いだった。

カフェに集まったメンバーは少なかった。ケネスとミッチが原稿を熱心に読み、ジャネットが見守るようなまなざしをふたりに向けている。ケネスは、ミッチがソネット集を作ったという話をきいたときは露骨に呆れた顔をしていたが、いまは真剣な表情で作品を読んでいた。時どき、嬉しそうに顔をほころばせて「うまい！」とうなったり、ある一行を指先でたたいて首をひねったりする。

平和で明るい雰囲気が漂い、神聖なキルティング・パーティー（キルトを作る集まりのこと。女性たちの社交の場でもあった）のようだった。ジャネットもそう感じていたらしい。イザベルが静かに椅子に座ると、にっこり笑い、声を抑えていった。「トレヴァーとニックは週末の旅行に行ったの。トレヴァーからの言伝《ことづて》よ。『カラマーゾフの兄弟』を忘れないように、ですって」

イザベルは、トレヴァーがいないと知ってほっとした。先週交わした開けっぴろげな会話は、後になって思い返すと死にたくなるほど恥ずかしくなったからだ。「そういえば、びっくりしたっていってたわ。『罪と罰』を一週間で読んだんですって？　食欲なくなったでしょ」

どういう意味だろう。読むのが速すぎたのだろうか、遅すぎたのだろうか。幸い、答えは求められなかったので、それ以上悩まずにすんだ。

ケネスが原稿の一ページ目をわきに置くと、ジャネットは「わたしたちも読んでいい？」といった。ミッチはうなずいた。黙っているが、ケネスの称賛に有頂天になっている。

イザベルは、〈ヘルメス〉でミッチの詩をいくつか読んだことがあったので、そのときに下した評価が変わるとは期待していなかった。今回のソネット集は、思っていたよりはるかにすばらしかった。トレヴァーの言葉を思い出す。ところが、『自分の感情を丁寧に表現してる』。そのとおりだったことが嬉しかった。

イザベルは、おだやかな気分で五十一丁目に向かった。ヘレンはリビングでコーヒーを飲んでいて、となりにはやせた青年がいる。血色のいい素朴な顔立ちで、眼鏡をかけ、薄茶の髪はところどころ黒い。この青年が、ヘレンの恋人のダンにちがいない。ヘレンとダンは、広い主寝室を一緒に使っているらしい。ジャネットにきいたその話を思い出したので、イザベルは、はにかみながらリビングのふたりに声をかけた。

「ちょっとトレヴァーの部屋に行くわ。本を借りたいの」

ヘレンは〈ニューヨーカー〉から、青年は〈ヘラルド〉紙のクロスワードから顔をあげ、イザベルに思いやりのこもった微笑を向けた。とたんにイザベルは子どもじみた気分になった。黙って二階に行けばよかったのだ。自分で自分が腹立たしくなったが、そんなことはすぐにどうでもよくなった。トレヴァーの本棚の前に座り、次から次に本を手に取ってページをめくる。そうしていると、子どもの頃の一番幸福な時間を思い出した。

急にドアが開き、ヘレンが入ってきた。

「イザベル、まだいてくれてよかったわ。ダイアナが玄関の前にいるのよ。こっちにくるのがわかったから鍵をかけたの。これ以上耐えられない。水曜日の夜なんてずっといたのよ。あの人、どんどんまずいことになってる。悪いけど、下に行って、わたしは留守だって伝えてくれない？　みんな留守で、ニックは旅行中だ、って」

玄関からドアノッカーの音がきこえてくる。大きく、しつこく、悪いのはおまえたちだといいたげに。

「わかった」イザベルは『カラマーゾフの兄弟』をつかんで階段を駆けおりた。

玄関の扉を開け、すぐそこにいるダイアナにあいさつする。「こんにちは」

こわばった無表情の相手にかけるには、ばかみたいな言葉だった。「ヘレンに会いにきたの？　ちょうど出かけてるところなの」

ダイアナは、イザベルのわきをすり抜けて中に入り、リビングに行った。イザベルは、戸惑いながらあとに続いた。

ダイアナが部屋の中を見まわす。長椅子の前の低いテーブルには、コーヒーカップがふたつと、〈ニューヨーカー〉と、〈ヘラルド〉紙がそのままになっていた。〈ヘラルド〉紙は途中まで埋まったクロスワードを表にして畳まれている。パズルの上には鉛筆が一本のっていた。まるでメアリー・セレスト号だ。どんな話を作り出せば、この状況を説明できるのだろう。

ダイアナは長椅子に座った。

「みんな、ここにいたんでしょう。わたしがくるのに気づいて逃げだしたのよね。責めたりしないわ。自分が地雷みたいな女だってことはわかってるもの」

イザベルは面食らった。ダイアナはわたしを知らないのに。名前も知らないのに。むきだしの心をさらすのは、むきだしの体をさらすのと同じくらいはしたない。

ダイアナは新聞を手に取り、いとおしそうに指先でクロスワードをなでた。イザベルは、ダンの素朴な顔立ちと薄茶色の髪を思い出して、唇を噛んだ。

とても笑う気にはなれない。ダイアナは苦しんでいる。

「彼はここに座ってたのね。クロスワードをしてた」

「だれのこと?」自分は事情を知らない他人だと思わせたほうがいいかもしれない。

「ニックよ」

その名を口にしたとたん、ダイアナは泣きだした。しばらくかかって泣きやみ、涙をぬぐった。

「ニックがここにいた。ニックがここにいる。この家にいるのに、わたしは会えない。世界中の人間がニックに会えるのに、わたしだけが会えない。わたしには死ぬほど大事なことなのに」

イザベルは困惑したが、それ以上に好奇心がうずいた。使い古された陳腐な言葉がこんなに胸に迫るのはどうしてだろう。古い船の帆が風に膨らむ様《さま》に似ている。

イザベルはいった。「ニックは留守よ。週末は遠出してるの」

助かった――自分は、ニックという名前をさりげなく口に出すことができる。

ダイアナは微笑して目を閉じた。目を開け、話しはじめる。「わたしを恥知らずだと思っているでしょう。それは思い違いよ」赤の他人のふりをしてもむだだ。ダイアナは、イザベルが自分のことを知っていて当然だと思っている。世間の噂になっていることは百も承知だ。ダイアナは歩く死体だ。そのまわりで、群がるハエが羽音を立てている。ダイアナには、死んでいてもなお、その羽音がきこえるのだ。

「恥なら、ちゃんと感じてるわ。だれにも想像できないくらい感じてるわ。時どき、自分が感じられるのは恥だけのような気がするくらい。わたしのしでかしてきたことを知ったら、あなたどう思うかしら！　ニックをつけて女の子の家まで行って、ふたりが出てくるまで家の外に立っていて、それからまたふたりのあとをつけたのよ。映画館までついていって、席が取れなかったから外に立って、映画が終わるのを待ったわ。ふたりがバスに乗ったら追いかけるつもりだったけど、タクシーに乗ったの。タクシーを使わなくちゃいけないくらい追いつめたってことね」唇にわずかに冷笑が浮かんだ。仮にこれが〝恥〟だとするなら、恥というのは傲慢《ごうまん》さによく似ている。「付きまとって、また付きまとった。想像できる？　わたしにはプライドなんかないの。自尊心はかけらも残ってないのよ。わたしにはなにもないの。仕事もクビになったわ。当然よね」

イザベルは腹立たしくなった。使い走りの役を押しつけられてしまった。ダイアナが職を失ったことをニックに伝えるだろうと期待されている。

イザベルはいった。「大変ね。これからどうするの？」

ダイアナは首を横に振り、投げやりな微笑を弱々しく浮かべた。

「わたしがどんなに苦しんでいるか知ったら、ニックがもどってきてくれるかもしれないと思っていたの。もちろん、そんなわけないわ。でも、どうしても期待してしまったのよ。その希望にしがみつくしかなかったの。ニックがもどらないことは、もうわかってるわ。だからってなにも変わらない」

仕事を失うということは、イザベルにとっては一大事だった。どうしてもきかずにはいられなかった。

「でも、この先どうするの？　仕事は必要よ。食べていかなくちゃいけないんだから」

ダイアナはしばらく考え込み、肩をすくめた。「少しは貯金があるから」

「貯金がなくなったら？」

なじるような口調になった。不思議な気分だった。目の前に、イザベルの中の隠れたいじめっ子を目覚めさせるほど、頼りない人間がいる。

「どうでもいいわ。なにもかもどうでもいいの。わたしはおしまいよ。死んだも同然」

イザベルは考え込んだ。「そうね。人生が変化して向上していくものだとしたら――ううん、ほんとにそうなのよ。人生はいつも変化していなくちゃいけないもの。だとしたら、変化のない人生は、死と同じかもしれない……変わることができないなら、あなたは死んだも同然よ」

イザベルは自分の思い付きに夢中になり、ダイアナがいることも忘れて、独り言のようにしゃべりつづけた。ふと、ダイアナの目に浮かんだ激しい怒りに気づいて、はっと口をつぐんだ。いつものように、イザベルは頭の中に書き留めた――マゾヒストは、自分で苦しみの種をまくのが好きなのだ。そしていつものように、相手の怒りに気づいたイザベルは、速やかに退却した。

「あなたの話をしてるわけじゃないのよ」（だが、知らず知らずにダイアナの話をしていたのだろう――だからこそ彼女は怒ったのだ）「ただ、頑固な人は……ううん、とにかく、ニックはほんとうにここにはいないの。週末は街を離れてるんですって。もう行きましょう。ここに居座ってても仕方ないでしょ？」

自分だけ帰るわけにはいかない。ダイアナはいま、皮肉っぽい目付きでコーヒーカップを見つめている。

「クロスワードをしてたのはニックじゃないわ。ヘレンとダン。そうよ、ふたりとも、あなたがくるのを見て逃げだしたの。仕方ないでしょう？　あなたにしてあげられることなんてないんだもの」

イザベルは相手の青ざめて虚《うつ》ろな顔を見てたじろいだ。ダイアナは、うなだれるようにうなずいた。

言い過ぎたわ。こういうことは得意じゃないのに、どうして首を突っ込んだりしたの？

ダイアナは鞄を持って玄関に向かい、イザベルもあとを追った。ふたりは、グリーブ通りを並んで歩いた。よそよそしい空気が流れていた。

バス停に続く道をたどりながら、イザベルは、苦痛と良心の呵責《かしゃく》に苛《さいな》まれ、どうしてあの時『カラマーゾフの兄弟』を持って逃げなかったのだろう、と悔やんだ。

バス停に着くと、ダイアナが振り返った。

「うちにこない？　食事をごちそうするわ。力になってほしいの」

嘘でしょう？　今度はわたしにつきまとうの？　永遠に？　一度つかまったら、きっと二度と逃げられない。

「ごめんなさい、無理なの。今夜は都合が悪くて」

イザベルの返事をきくまで、ダイアナの顔には、これまでとちがう表情が浮かんでいた。眠りから覚めかけたような顔だ。その表情が、とたんに薄れはじめる。

「当然よね。土曜の夜なんだから、みんな予定があるわ」遠くを見るような目付きで、おだやかに微笑む。

ふたりは黙ってバスを待った。バスがくると、ダイアナはさよならもいわずに行ってしまった。

ようやく、『カラマーゾフの兄弟』を開く時間がきた。

トレヴァーはなぜ、あんなふうに心に引っかかるようなことをいったのだろう。彼の話をきくのは楽しいし、本を貸してもらえるのも嬉しい。なぜ、イザベルが困惑するようなことをいったりするのだろう。

部屋にもどると、期待に胸をふくらませて本を開いた。ところが、なかなか集中できない。眠りから覚めかけたようなダイアナの顔が、繰り返しページの上に浮かんでくる。最後まで付き合う覚悟がないなら、はじめから話したりするべきではなかった。

ダイアナの言葉は本心だったのかもしれない。イザベルは彼女の力に、人生の転機になれたのかもしれない。いいや、この自分がだれかの人生の転機になる？　うぬぼれだ。思いあがりもはなはだしい。イザベルは、はっと目を見開いた。また被害者を出してしまったのだろうか。

被害者——奇妙な言葉だ。ダイアナはこれ以上ないくらい苦しんでいる。そう、被害者だ。イザベル、あんたはなんて自分勝手で冷たいの？

ダイアナに同情したのは間違いない。一度か二度は、心から同情した。

同情したから、傷つけてしまったのだ。だから、今回の一件は数に入れなくてもいい。

ようやく、物語が頭に入ってきた。夕食を知らせるベルが乱暴に鳴らされるまで、イザベルは読みつづけた。マッジが家を出て以来、間借り人たちはバウワー夫人の怒りに敏感になっているようだった。夫人の怒りはキッチンのコンロのように熱くなり、そのせいで、かえって間借り人の結束は強くなっていた。ベティが給仕を手伝っている。主婦だった頃の名残がうかがえると、いつもの澄ました白鳥ではなく、感じのいいアヒルのように見えた。青年たちはおとなしくなり、付き合いやすくなった。イザベルは——屋根裏のみそっかすは——バウワー夫人を避けて、ほかの間借り人たちと仲良くしようと努めていた。「ベティ、お皿はまかせてちょうだい。ドレスが汚れるわ」

それをきいたとたん、コンロで料理をよそっていたバウワー夫人が、刺すような視線でイザベルをにらんだ。イザベルはたちまちすくみあがった。嫌われてもかまわないと頭では思っていても、反射的に体がすくむ。イザベルの体は人間に従順な犬のようだった。

バウワーさんは、だれが相手でもこんな目付きをするじゃない。いつも怒ってるんだから。イザベルは自分に言いきかせながら料理の皿を二枚受け取ったが、テーブルにもどるのもむずかしいほど足がすくんでいた。ベティの代わりに洗い物も引き受けるつもりだったが、バウワー夫人の目付きを見ると、考え直したほうがいいようだ。

ティムが、ベティのきれいな黒いドレスを見ていった。「ベティ、今夜は大事なデートだろ？」

「そうよ、街に出かけるの」

またしても、遠くを見て微笑むダイアナの顔が頭に浮かんだ。『土曜の夜なんだから、みんな予定があるわ』。

あの微笑の意味に気づいたのは、それからしばらくたってからだった。眠りにつこうとしたとき、ふいにある考えがひらめき、とたんに眠気は吹き飛んだ。予定なら、ダイアナにもあったのだ——だれにもいえない個人的な約束に、ひとりで出かけようとしていた。間違いない。おだやかな、なにかを吹っ切ったような微笑が、イザベルの確信を裏付けた。

死んだも同然。自分は、ダイアナにそういった。死んだも同然。

正確にはなんていったの？

この問いかけにはなじみがある。この問いに答えがないことも知っている。それでも探さずにはいられない。繰り返し、繰り返し。

あなたは死んだも同然よ。あなたは死んだも同然よ。問題は、〝あなたは〟を強調したことだ。ダイアナを指したつもりはなかった。そんな言葉をダイアナに投げつけられるほどイザベルも冷たくない。

いや、自分ならやりかねない。気をつけていないとやりかねない。

屋根裏のみそっかすは、卑しいちびなのだから。

恐ろしい時間が流れた。永遠に計算が終わらない数学の問題を解かされているような気分だった。

自分はダイアナに、あなたは死んだも同然だといったうえに、一緒にきてほしいという頼みを断って、ひとりで家に帰らせた。あの瞬間に心を決めたのかもしれない。コインを投げて表か裏か決めるように、イザベルの答えに賭けていたのかもしれない。「一緒に帰ってくれないか頼んでみよう。断られたら、決心しよう」

だけど、わたしが犯人だとはだれも気づかない——ああイザベル、なんてことを考えるの？

下劣な考えだったが、イザベルはその思い付きにしがみつき、終わらない計算を無理に終わらせて、眠りについた。

今後は他人と距離を置いて、おせっかいはしないことだ。イザベルは肝《きも》に銘《めい》じた。

毎朝新聞を買い、アパートで亡くなった女の子の記事がないか探した。

時どき、確信を持って思い直すこともあった。ダイアナは死んでなんかいない、こんな妄想はばかみたいだ、と。ダイアナの顔を心に呼び起こし、必死で確証を見つけようとした。ところがそのたびに、死をほのめかす弱々しい微笑が見えるのだった。

五十一丁目に立ち寄って、ダイアナの様子をききたかった。ダイアナの姿を見て喜ぶのは、きっと自分くらいだろう。だが、勇気が出ない(どのみち、あの家は土曜日にしか存在しない)。今回の件に特別な関心があると知られればどうなるだろう？　自分は、ダイアナの生死よりも、人からどう思われるかのほうが気になるのだろうか。

だが、きっと質問される。最後に彼女と話したのはイザベルなのだ。どんな様子だった？　なにかいってなかった？　自殺をほのめかすようなところはなかった？

わたし、ダイアナに、あなたは死んだも同然よ、っていったの。

まるで『罪と罰』だ。イザベルは、ラスコーリニコフの劣化版だ。こんなふうに忙しなく思いをめぐらせられるのは、ダイアナが生きていると確信できる短いあいだだけだった。それ以外の時間は、憂鬱で麻痺したようになっていた。

これからは二度と、思ったことを軽はずみに口にしたりしない。使う言葉ひとつひとつに気をつける。

その頃イザベルは、バウワー夫人がとりわけ自分につらく当たることに気づきはじめた。コンロの前で食べ物が焼けるおいしそうなにおいを漂わせながら、イザベルをにらみつける。間違ったレシピないのだろう。

を渡された魔女のようだった。間借り人全員に激しい敵意を向けているわけではない。そんな気力は

イザベルは、夫人の敵意をおとなしく受け入れた。

マッジの居場所が欲しかったんでしょう？　イザベルは心の中でつぶやいた。手に入れたじゃない

の。堂々と立ち去ったマッジのことを思ったが、あんな強さは望むべくもない。バウワー夫人の憎し

みに耐えるほうがまだ簡単だ。心して身構えていればいい。うつむいて視線を避けることくらい、な

んでもない。また知らない世界に出ていくほうが、ずっとむずかしい。

カフェでは、ダイアナの名前は口にされなかった。話題の中心は、もっぱらミッチのソネット集だ。

トレヴァーは、読みそびれたことを悔しがっていた。

仮にダイアナが亡くなっていれば、いまごろ若者たちは報《しら》せを受けているはずだ。子どもの頃学ん

だように、どんなことでも最後には時間が解決してくれる。

「ただ装飾的なわけじゃないんだ」ケネスがいった。「そこが面白い。よく見る修飾がふんだんに使

ってあるのに、ちゃんと文脈がある。もう一度読みたいよ」

ジャネットがいった。「ミッチの喜びようったらなかったわ。ケネスが気に入ったから。天使の羽

ばたきがきこえてるみたいな顔してた」

ケネスはにやっと笑った。「どんなに驚いたか、あいつにはあんまり知られたくないね」

「僕もそこにいたかった」トレヴァーが繰り返した。

「〈ヘルメス〉に載るだろ」

ニックの姿はない。あの日以来、カフェには姿を見せなくなっていた。ニックは美しい追放者だ。

トレヴァーは、イザベルとふたりで五十一丁目に向かいながら打ち明けた。「僕は手書きの原稿を読むのが好きでたまらないんだ。子どもじみてるよな。だけど好きなものは仕方がない」

「胸が躍る感じはわかるわ。きっと、原稿を書くときに、書き手の興奮が紙に映し出されるのよ」

「ああ、僕もそう思う」

今日のトレヴァーは、どことなく声がよそよそしい。イザベルは不安になった。なにか間違ったことをしたのだろうか。トレヴァーを怒らせるようなことは絶対にしたくない。

イザベルはたずねた。「あなたも作品を書くの？」

トレヴァーが首を横に振る。

「書きたいと思う？」個人的な質問になると、舌が重くなり、うまく動かない。だが、トレヴァーは静かに答えた。「いいや。僕が目指しているのは、いい批評家だ。作品の良し悪しを見分けて、新しい作品や新しい形式が現れたときに……それに気づくことができる人間になりたい。いい批評家は多くないからね。ところで、ドストエフスキーはどうだった？　きみの感想は絶対にきけないのかな。いや、うるさくいってすまない。読みたいから読むという姿勢はまっとうなんだから。反対に、本について書くためだけに本を読む人間だっている。もちろん、本について書く人間のために本を書く人間だっている。きみが消費する側《がわ》だからって文句をいうのはおかしいよな」

消費とはぴったりな表現だ。

また、舌が重くなった。「読むという言葉は少しちがうわ。ドストエフスキーは特にそう。本の中で生きるという感じがした」

とりわけ、いまのイザベルは『罪と罰』の中で生きている。

「じゃあ、しばらくドストエフスキーには近寄らないほうがいい。きみが不幸なロシア人になったら、みんながっかりする」空想の中のジョセフにそっくりなしゃべり方をきいて、イザベルは密かに赤くなった。トレヴァーにジョセフの存在を知られてしまったような気がした。

「図書館で『ミドルマーチ』を借りたの。でも、まだ読みはじめてないわ」

「おや、たるんでるじゃないか」

イザベルは、からかうのをやめてほしかった。

部屋に入ると、トレヴァーが急に振り返った。いまにも駆け出そうとしている美しい白馬のように熱を帯びた目をしている。一歩近づき、「イザベル」というなり、両腕を体にまわしてきた。

抵抗したのはイザベルの体で、イザベルではなかった。体がこわばり、暴れ、綱渡りの綱の上に押し出されまいとするかのように抗《あらが》った。綱にのれば落ちるに決まっている。両手がトレヴァーの胸に当たり、その体を突き飛ばした。トレヴァーは両腕を離し、痛みで息をのんだ音を、無理に笑い声に変えた。「悪い。急すぎたかな」大またで机に向かい、椅子に掛けて本を開くと、ページをじっとにらんだ。

できることはなにもない。イザベルは『カラマーゾフの兄弟』をベッドに置いて、部屋を飛びだした。

すべてが一瞬で消えた。カフェ、本、おしゃべり、なにもかも。この手でトレヴァーを突き飛ばし、痛みで声をあげさせたのだ。

後になってイザベルは、失われた可能性について未練がましく思いをめぐらせた。トレヴァーの恋人になる可能性、だれかに所属するという可能性。そのふりをすることだけでもできなかったのだろうか。トレヴァーが望むことをみんなしてあげれば、それで十分だったのかもしれない。簡単なことだったはずだ。トレヴァーが望むなら、いつでもどんなことでもした。だが、そのためには、トレヴァーの望みを把握していなくてはいけない。きっとそれは、スパイが潜りこんだ土地の人間を真似るような感じだろう。しまいには見破られるに決まっている。そして、罪を見破られた者は、ダイアナのようになるのだ。あたりに目を光らせて歩きまわり、苦しみにとらえられて身動きもできない。みんなが自分を憎んでいることはわかるのに、なぜなのかはわからない——それなら、手にしたものを失うほうがずっとましだった。

だが、イザベルは、ジョセフも失った。トレヴァーはジョセフだったのだ。こうして、トレヴァーもジョセフもいなくなった。

次の土曜日は、通りや近所の公園をあてもなく歩いた。孤独に沈みながら、カフェのみんなが話していることを想像し、これでよかったのだと自分に言いきかせ、悲しい気分で考えた。もし……もしトレヴァーが、もう少し時間をかけてくれていれば。もし、なんらかの形で前もって予告してくれていたら。もし、土曜の夜に映画に誘ってくれていたら(トレヴァーが映画に誘うところを想像するとおかしくなる)。いいや、結局は同じことだった。イザベルはイザベルのままだ。なにがあっても変わらない。あきらめるのが一番だ。

通り過ぎた一軒の家に〈空室〉の看板がかかっているのを見て、イザベルは安全な隠れ場所のことを考えた。

人気《ひとけ》のない通りを離れて街に出てみても、にぎやかなお祭りのような喧騒に、イザベルの望むものはない。ふたりや三人で集まった人びとは、退屈そうで所在なげで、少しもなぐさめにならなかった。

イザベルは夕食に遅れた。バウワー夫人は、大儀そうにイザベルの夕食をリビングに運んできた。オーヴンに入れていなかったせいで、食事は冷め、脂が白く固まっていた。バウワー夫人が、音を立てて皿をテーブルに置く。イザベルは料理を見おろして、食べはじめた。冷たいどろりとした肉汁をすくい、生ぬるい肉を嚙む。ほかの間借り人たちが気まずそうに目をそむけているのがわかった。どうだっていい。イザベルがどれだけみじめか知っていれば、バウワー夫人もいやがらせのようなつまらない真似に力を浪費せずにすんだはずだ。

月曜の朝、ウォルター氏が事務員たちの部屋に入ってきて、よそよそしい声でいった。「ミス・キヤラハン、電話だ」イザベルは面食らったが、その純粋な驚きの表情が、わかりやすい言い訳になってくれた。会社で私的な電話を受けるなんてきいたこともない。イザベルはウォルター氏の横を足早にすり抜け、動揺を隠してデスクの上の受話器を取った。見られているのを感じる。

「イザベル、ヘレンよ。五十二丁目のヘレン」

「だれに番号をきいたの？」

「いけなかった？　上の人の名前は知ってたから。イザベル、ニックが死んだの」

「嘘でしょう？　ニックが死んだ？」自分でも自分の声が不自然にきこえた。頼りない、尖った声だ。

「ほんとうなの。バイクに乗っていて事故にあったのよ。車にひかれたの。昨日、大けがをして。たったいま、病院で息を引き取ったらしいわ。みんなからの電話で知ったんだけど、病院にニックのお母さんがきてるのよ。それでひとつお願いがあるの。ダイアナに知らせてくれないかしら。こんなこと、あなたに頼むべきじゃないってわかってる。でも、あなたにしか頼めないのよ。トレヴァーはいまにも倒れそうでとても頼めないし、ケネスとジャネットは……ダイアナに同情する気にはなれないみたい。ジャネットなんか、ダイアナのせいでニックは死んだなんて、とんでもないことを言い出したのよ。ダイアナになにをいうかわからないわ。こんなお願い、図々しいってわかってるんだけど……」

「いまは無理よ。五時まで仕事を抜けられないから」

腕にだれかの手が触れるのを感じて、イザベルは顔をあげた。ウォルター氏が同情のこもった顔でうなずいている。「かまわないよ」

イザベルは受話器に向かって同じ言葉を繰り返した。「かまわないわ。行く」

「助かるわ。心配なのはニックのお母さんなのよ。荷物を取りに病院からここにくるの――ダイアナにこられて騒ぎを起こされたら困るでしょう。ただでさえつらい時だもの」

「住所は？」

「運よく住所録に書いてあったわ。ニックがメモしてたみたい。キリビリよ」

「待って」

手元にメモ帳と金色のシャープペンが差し出された。

「キリビリ、マウント通り34、7号室」

イザベルはメモを取りながら、自分の手が思うように動かないことに驚いた。

「わかった。すぐ行く」

「ありがとう。すごく助かるわ」

部屋を出ていこうとしていたウォルター氏は、引き返して、向こうから来客用の椅子を運んできた。

「掛けなさい。オリーヴにお茶を一杯持ってこさせよう」思いやりのこもった声で続ける。「ご親族かね」

イザベルは首を横に振り、悲しみで重くなった体を椅子に沈めた。トレヴァーを元気づけたかったが、イザベルは自分で自分のまわりに壁を巡らせ、気づいた時には出られなくなっていた。

オリーヴが、お茶の入ったカップを持って入ってきた。受け皿には、ビスケットが二枚と、折った紙にはさんだ鎮静剤がのっている。

「もう行きます。伝言を頼まれたんです」

オリーヴがいった。「そんな伝言を頼んでくるなんて無神経ね」（そんなことに口を出すオリーヴも十分無神経だ）「あなた、シーツみたいに血の気がない。まずはお茶を飲んだほうがいいわ。薬も飲んで。あら、水が要るわね」

ちょうどそのとき、同じことに気づいていたウォルター氏が、水を持ってもどってきた。

「道はわかるかね」

イザベルは首を横に振った。

「調べてあげよう」本棚から街の地図を取り、マウント通りを見つけると、道順を書きはじめた。

ウォルター氏がこんなに親切にしてくれるとは想像もしていなかった。「ミルソンズ・ポイントが右手に見えたらバスを降りて……」

集中しようとしたができなかった。道順は重要ではない――通りは見つかる。

オリーヴがいった。「ご親族？」

イザベルは首を横に振った。

「ほんとうにお気の毒だわ」両腕を体にまわしてくる。

白々しい芝居だとは思ったが、オリーヴに頭をもたせかけると、悲しみが少し軽くなったような気がした。

「もう行くわ」

これからするべきことを改めて考えると、こわくなってきた。ダイアナと最後に言葉を交わした時に自分がしでかしたことを思い出す。

ウォルター氏が地図を差し出した。「持っていきなさい。今日はそのまま帰っていい。一日くらいきみがいなくても問題ない」

仲間でもない自分に泣く権利はない――ニックの死を悼《いた》んで泣くなどもってのほかだ。同情の涙を流すことも許されない。

イザベルは軽く会釈して部屋を出た。タイピストの部屋で同僚たちが黙って見守る中、イザベルはタイプライターにカバーをかけて鞄を手に取り、同僚たちに軽くうなずいた。だれもイザベルに説明を求めようとはしない。いきなり畏れ多い存在になったような気分になる。

ダイアナ、悪い報せがあるの。ダイアナ、話したいことがあるの……いきなり切り出すわけにはいかない。どうにかして伝えなくては。どう取り繕っても、訃報《ふほう》のショックを和らげることはできないのだから。ショックが大きくならないように注意するほかない。だが、どうやって？　おだやかに切り出すしかないのだとしても、それは、手加減をして頭を殴りつけるのと同じことだ。

イザベル自身のショックは次第に落ちついていき、それにつれてニックの記憶がよみがえってきた。

自分にニックの死を悲しむ権利はない――たいして知りもしないのに悲しむことは出過ぎた真似だ――が、美しいなにかが失われたことは心から悲しかった。

自分も、ケネスみたいに詩が書けたらよかったのに。

そりの合わないケネス。

イザベルはうろたえた。ケネスのことになると、とたんに意地の悪い怒りが湧いてくる――こんな時でさえ。ケネスはきっと詩を書くだろう。美しい挽歌《ばんか》を書く――きっと、ニックを偲《しの》ぶ詩を作る。

それを読んだ時、イザベルは自分を恥じるはずだ。

ミルソンズ・ポイントでバスを降りると、ウォルター氏の地図に従って海辺のほうへ進み、通りの中ほどで、アパートのひしめく路地に折れた。三十四番地のアパートは煤《すす》けた白い小さな建物で、近隣に並ぶ塗り替えられたばかりのこぎれいな家々の中で、みすぼらしく見えた。共用部は暗かったが、階段で二階に行くと明るくなった。そこに、七号室があった。イザベルは、力の入らない手でノックした。胃が沈んでしまったように重い。ノックをする手に少し力をこめた。

中から、うるさそうに返事をする声がきこえたが、なにをいっているかまではききとれない。少ししてドアが細く開き、すきまからダイアナが顔をのぞかせた。

「ダイアナ、入ってもいい？」

ドアが大きく開いた。ダイアナは、汚れた寝間着を着ていた。髪はもつれ、素足だ。戸惑ったようにイザベルを見る。

「ヘレンに頼まれてきたの」

乱れたベッドの上では、リネンがめくられたままになっている。たったいま起き出してきたかのようだ。そばの床には、使ったコップや、皿や、油っぽいナイフや、吸い殻でいっぱいになった灰皿や、開いたページを下にしたペーパーバックや、脱ぎ捨てられた三足の靴がばらばらに散らばっている。イザベルは座る場所を探したが、椅子には二脚とも服が積まれていた。

こんな状態で訃報に耐えられるわけがない。ダイアナはイザベルを見張ったまま、ベッドに腰をおろした。

イザベルは両手で顔をおおった。芝居がかった仕草だが、両手は無意識に動いた。自分でも意外だった。こんな仕草は、本の中にだけ出てくるものだと思っていた。

それを見て、ダイアナはようやく口を開いた。「なにかあったの？」

「ダイアナ、ほんとうに悪い報せよ。ニックが亡くなったの」

ダイアナは、イザベルの声がきこえなかったかのように、身じろぎもせずに宙を見ている。状況を理解しようとしているのだ。

「バイクを運転していて事故にあったの。わたしも詳しくは知らないけど、大けがを負って、今朝、病院で亡くなったんですって。ヘレンに頼まれたから、あなたに伝えにきたの」

ダイアナは、どうでもよさそうにサイドテーブルの引き出しを開け、ヘアブラシを取って髪をとかしはじめた。

ショックのせいだろうか。人はショックを受けると、突拍子もないことをする。だが、ダイアナを襲った感情は、ショックとはまた違うようだった。心のもっと奥のほうから湧いてきた感情にとらえられ、考え事に没頭《ぼっとう》したまま、深い呼吸をしている。ブラシを取り落とし、片手を枕について体を支えた。

きっと、これが〝苦悩〟だ。他人が見ていい姿ではない。イザベルは立ち去り、ダイアナが苦悩に立ち向かえるように、ひとりにしておかなくてはならない。だが、どうすれば立ち去れる？

そのとき、ダイアナを襲った感情の正体がわかった――安堵《あんど》だ。イザベルは、罪人に刑の執行猶予を告げる刑務所の所長と同じことをしたのだ。

「なにか持ってきましょうか？　お茶はどう？」

自分の声が白々しくきこえる。密かにダイアナの心の内を想像しながら、口では気遣うような言葉を吐いている。

ダイアナも、イザベルのわざとらしい声色に気づいたようだった。「いいえ。わたしなら大丈夫」

ブラシに目を留めて面食らった顔になり、拾い上げて引き出しにしまう。

ダイアナの感情を表すのは、〝大丈夫〟という言葉ではない。ダイアナは、ニックの死を喜んでいる。母親が死んだときのイザベルと同じだ。ダイアナにとって、ニックはひとりの人間ではなく、体を内側から刺す棘《とげ》、靴の中の小石のような存在だった。

愛にはどんな価値があるのだろう。

とにかく、イザベルはこのまま芝居を続けるべきだ。芝居を続けるくらいの敬意は払って、これまでの言葉や振舞いを償わなくてはならない。

「ニックのお母さんが病院にいるのよ。荷物を引き取りにあの家にくるんですって。ヘレンが、悪いけどしばらく家にはこないでほしいっていってたわ。その……ニックのお母さんもいるし、いろいろ複雑だから」

ダイアナは、苛立たしげな険のある声でいった。「どうしてわたしがあそこに行くのよ」

部屋を見渡す。たったいま目を覚まし、部屋の散らかりように気づいて、なにがあったのだろうと訝《いぶか》しんでいるような顔だ。

立ちあがり、よそよそしい声で続けた。「知らせにきてくれてありがとう。ヘレンにお悔やみを伝えてくれる？　ほんとうに悲しい事故だわ。どういえばいいのかわからない。そうでしょう？」

イザベルは帰る口実を探していたが、その必要はなかった。ダイアナが自分でイザベルを玄関まで案内していった。

嘆きより落胆のほうが大きかった。駅に向かって歩く途中、オーデンの一節が頭に浮かんできた。

　長い旅の果てに辿《たど》り着《つ》いたのは
不毛の土地、水なき土地、愛なき土地

イザベルになにがわかるのだろう。ダイアナは後になって悲しみに襲われるかもしれない。そもそも、ダイアナがニックの死を悼むかどうかが、イザベルに関係あるのだろうか。なぜこれほど気に掛かるのかはわからないが、どうしても考えずにはいられなかった。

今度は五十一丁目に向かわなくてはならない。足取りは重かった。気を抜くと顔をのぞかせる、恥知らずな考えを——悲しみは恐ろしいほど退屈だという考えを——追い払おうとしていた。もしかするとこれは、そう恥知らずな考えでもないのかもしれない。悲しみとはそういうものなのだ。牢《ろう》に入れられ、ひとつの考えに囚《とら》われたまま、自由になることはない。たとえ五十一丁目に行かなくても、自分が囚われている考えから自由になれるわけではない。

玄関のドアを開けたヘレンは、やつれて青ざめた顔をしていた。「きてくれてほんとうに嬉しいわ。ひとりでいるとどうにかなりそうで。ダンは旅行中だし、トレヴァーは大学よ。個別指導があるんですって。受けたほうがいい授業だし、欠席の連絡をする時間もなかったみたい。とにかく、なにかしてたほうがいいわ。ふたりとも、ニックとは大学に入る前からの友達だったから」息も継がずに話しながら、ヘレンはイザベルをキッチンに案内した。「コーヒーはいかが？　ダイアナには会えた？　反応はどうだった？」

「あなたが心配してたより落ちついてたわ。ほんとうのことをいうと、反応らしい反応もなかった」

「まだ受けとめきれていないのかもしれないわね。わたしもそうだもの。ここにはこないようにいってくれた？」

「ええ。そんなことをいわれて心外だったみたい」

「妙な考えを吹きこんだことにならないといいけど」

いまごろダイアナは、洗濯物を持って階下の洗濯室にいるだろう。部屋を掃除しているだろう。雑誌で職を探しているだろう。ダイアナの心配はしなくていい。

ふたりはコーヒーを持ってリビングに行った。イザベルはなにか食べたかったが、この状況で空腹だとは言いだせない。

「車の運転手にはニックのバイクが見えてなかったんですって。ニック、スピードを出し過ぎてたのかしら——時どき無茶な運転をしたから。まだ信じられない」

おもてで、車が止まる音と、ドアが閉まる鈍い音がした。ヘレンがはっとした。

「嘘でしょう……今日は病院で休むってきいてたのに」

ノッカーの音がする。ヘレンは席を立って玄関に行き、畏まった不安そうな表情でもどってきた。そのあとから、身なりのきちんとした小柄な女性がついてくる。髪は金色で、顔はほっそりとして美しい。ニックには似ていない。頭をまっすぐに起こし、ここではないどこかを見つめている。

ヘレンがいった。「お迎えに行くつもりだったんです。おひとりにしてしまってごめんなさい」

「お気になさらないで」表情と声が合っていない。社交的な集まりできくような声だ。「することがたくさんあるものですから。あの子の荷物をまとめて、夜の列車に乗りたいんです」

「でも、ドラムンドさん……」ヘレンは夫人の顔を見て言いよどんだ。「昼食は召し上がりました？

なにかお持ちしましょうか」

「おかまいなく、病院で少し食べましたから。それで、どこが……」

腰を浮かせてリビングを見回し、ドアを探す。

押しとどめようとすれば、夫人は取り乱して暴れるだろう。ヘレンも同じことを思ったようだった。

「二階です。ご案内します」ヘレンがいった。

「どうもご親切に。でも、ひとりで行きたいの。わかってくださるわね？」

丁重な声だった。

「ええ、もちろん。階段を上がってすぐ左です」

夫人がいなくなると、ヘレンはいった。「やることがあったほうがいいわ。でも、あんなに感情を抑えて大丈夫かしら。なにかしてあげられるといいのに」

「してあげられることなんて、きっとないわ」

ふたりは腰かけ、物音ひとつしない二階に耳を澄ませながら、小さくなっていた。やがてそれは始まった。泣いているようなか細い声は、はじめは言葉になっていなかった。やがて、言葉になった。

「うそよ……うそよ、うそ、うそ」繰り返されるたびに、声は大きく、切羽つまったものになっていく。

「うそ！」悲鳴のような大声がきこえ、言葉にならない悲鳴がきこえ、そして、静かになった。次にきこえたのは、落ちついているとさえいえる声だった。「うそよ、うそ」

ヘレンは両手で耳をふさぎ、怒ったような声でいった。「ひとりできちゃいけなかったのよ。だれかが付き添ってあげなくちゃいけなかったのに」

イザベルは考えこんだ。だれがそんな危険を冒すだろう。

悲鳴が静まり、また大きくなった。きこえるというより、見えるというほうが近い。言葉は石つぶてのようで、悲鳴は円を描いて飛ぶ鳥の群れのようだった。

ヘレンが階段に向かい、イザベルもあとに続いた。

夫人はベッドに座り、叫んでいるかのように口を大きく開けていた。手にはジャケットをつかんでいる。畳んでいる最中に絶望に襲われたにちがいない。

ヘレンが口を開いた。「ドラムンドさん」なにをいっても意味がないと悟ると、口をつぐんだ。

「病院でなにか薬をもらいませんでしたか?」イザベルは沈黙を埋めたい一心でたずねたが、ドラムンド夫人は相変わらず返事をしない。

ハンドバッグはたんすの上にある。イザベルはバッグを開けながら後ろめたくなった。夫人が気の毒だった。ハンドバッグを勝手に開けるということは、相手を酔っ払いか間抜けだと決めつけているようなものだ。中には白い円筒形のケースが入っていて、ラベルに〈ミセス・ドラムンド　4時間おきに2錠《じょう》〉と書いてあった。ヘレンにケースを渡し、水を取りにキッチンにおりていく。部屋を出られて心底ほっとしていた。引き返す足が重い。

ジャケットを握りしめたドラムンド夫人は、だれの声にも耳を貸さないように見えたが、意外なことに、勧められるがままに薬を飲んだ。運命を拒む戦いをあきらめたのだ。

「トレヴァーの部屋へどうぞ」ヘレンは小さな声でいった。「お休みにならなくちゃいけません。今夜おもどりになるなんて無茶です。ご自宅にはわたしが連絡しますから、とにかく、いまは横になってください」

イザベルとヘレンは、夫人をトレヴァーの部屋に案内した。握りしめた手を開かせ、引き抜いたジャケットをベッドに横になった夫人のそばに置く。靴を脱がせ、ブラインドを下ろして、なんの役にも立たない日の光を締め出した。

夫人は身じろぎもしないで横たわり、ふたりがいなくなるのを待っていた。イザベルとヘレンは、夫人が眠ってでもいるかのように、足音を忍ばせて部屋を出た。

下におりるとヘレンがいった。「少しだけ一緒にいてくれない？　もうすぐトレヴァーが帰ってくるから」

またトレヴァーに会うとは思ってもいなかった。偶然出くわしていれば、恥ずかしさで居たたまれない気持ちになったはずだ。だが、この状況では、わたしの気まずさなど取るに足りない。

「お医者様を呼んだほうがいいかしら。わからないわ。薬が効くかどうか様子を見たほうがいいわね」

ヘレンは、疲れた声で、独り言のようにつぶやいた。ふたりはリビングに座り、緊張して静寂に耳を澄ませた。

帰ってきたトレヴァーは、眉間《みけん》に、成熟した大人のようなしわを寄せていた。イザベルに軽くうなずいてみせたが、川の向こう岸ほど遠くにいるようだった。ヘレンが近づき、両腕をトレヴァーにまわして、その肩に頭をもたせかけた。ふたりは頰を寄せあい、そのまま静かに立ちつくしていた。

イザベルはひとりで家を出た。追い出されたわけではない。それでも、彼らのそばに自分の居場所はない。

その足で、〈空室〉の看板が出ていた家に向かった。

夜、下宿のリビングに行くと、キッチンのほうに声をかけた。「バウワーさん、わたし、今週末にここを出ていきます」

キッチンから、バウワー夫人とプレンダギャスト夫人の話し声がきこえてくる。抑えた声だったが、こんなふうにきこえた。「やっといなくなるわ」

テーブルにもどったイザベルの頰を、涙がいくつも伝い落ちた。ベティは気まずそうにいった。「あんな人のいうこと気にしないでいいのよ」

イザベルは首を横に振った。「いいえ、そうじゃないの」

名前を変えることはできる。顔も、国籍も、話す言葉も変えられる。それでも、最後には必ず自分自身がもどってくる。

だが、荷物をまとめていると、気分が明るくなった。自分のものではない悲しみから離れられるのが嬉しかった。単純な楽しみに胸が躍った。小さいお鍋を買おう、フライパンを買おう。ティーカップと受け皿を、食事用のお皿を、ナイフを、フォークを、スプーンを、布巾を二枚買おう。シェイクスピアも、キーツも、(浮気者の呼び声が高い)バイロンも、シェリーも、オーデンも、スーツケースにしまった。そらでいえるオーデンの一節が頭に浮かんだが、本を手に取り、詩が載っているページを開いた。口元が小さくゆるむ。

悪人のように振舞おうと
善人のように振舞おうと
あなたはあなたそのもの
なにをしようと森の出口は見つからない

イザベルは本を閉じてスーツケースにしまった。
完全な孤独はない。

アイ・フォー・イザベル

イザベルは、青と金の夢から目を覚ました。崖に囲まれた湾、光る水面、考え事のように漂う幾艘《いくそう》もの小舟。

見慣れない天井を凝視する。目をつぶり、心地のいい夢にもどろうとする。だが、遅かった。夢はしぼみ、潮騒は、隣で眠る青年の寝息の音に変わった。規則正しくあたたかな息が、イザベルの肩に軽くかかる。

目を開けて、また天井を見た。漆喰《しっくい》の飾り天井には、花綱で結びつけられた花かごの模様が刻まれている。隅には染みがひとつあった。あの黄色は日の光の色だろうか。それともバター？　蜂蜜？カボチャより明るく、おしっこより暗い。そんな言葉があるかはわからないが、古びて色褪《いろあ》せた太陽の光の色だ。

言葉は、無数にある。わたしたちは無数の言葉を使う。言葉は、羽音をうならせて飛ぶうっとうしい虫だ。目覚めて二分で言葉の工場が忙《せわ》しなく動きはじめる。イザベルは織機《おりき》の前に座り、ブーンと音を立てながら言葉を紡ぐ。

憂鬱《ゆううつ》な一日になりそうだった。

あれは、染みの色をした染みだ。それでいい。

染みは、生乾《なまがわ》きの白い漆喰を指でなぞったような形をしていた。染みをおおうように、ほこりより柔らかそうな厚いクモの巣がかかっている。ハヴィシャムさんのお店のウェディング・ケーキのようだ。

憂鬱な気分も当然だ。昨夜はあんなことがあったのだから。イザベルはケイトの家の集まりから追い出された——出ていってちょうだい、二度ともどってこないで。

ケイトの集まりに行くかどうか、イザベルはいつも頭を悩ませていた。これからは悩むこともない。だが、追い出されたことには傷ついた。

笑い飛ばそうとしても、傷ついていることはごまかせない。はるばる歩いてこの部屋にたどり着いた頃には、膝は蝶番《ちょうつがい》が壊れてしまったかのように力が入らず、両足は一トンほども重かった。

それでも、フレッドの書いてきた小説には、胸が悪くなった。たとえるなら、冷たい大きなヘビが、人の糞尿が散らばる地下を這《は》いずりまわっているような代物《しろもの》だった。昨夜イザベルは、フレッドの物語を言いあらわす表現を探すことに意識を集中させて、彼の話から気をそらそうとしていた。無意識に口元がゆるんだらしい。ケイトは、その瞬間を見逃さなかった。落ち度があれば飛びかかろうと身構えていたにちがいない。好戦的な気分だったことは間違いない。だが、あの場にはイザベルのほかにも、フレッドの話をききながらわざとらしい作り笑いを浮かべていた人はいた。

配慮の仕方は人それぞれだ。

しかし、ケイトにはその理屈が通じない。

「何様のつもり？　人を見下したような顔をして。ここできかされる話が気に入らないなら、さっさと出ていきなさいよ。ここはわたしの家よ。もうこないでちょうだい。あんたは、ここにきちゃ人の揚げ足を取るんだから」

昨夜のことを思い出すと、ケイトの激しい言葉が頭の中でわんわん響く。イザベルは痛みに顔をしかめて、うめき声をこらえた。

わたしがだれかを見下すだなんて。わたしがどんな人間なのかわかってくれさえしたら。

皮肉なことに、ケイトもフレッドの話を熱心にきいていたわけではない。三段落目に差し掛かる頃には、フレッドの声もぎこちなくなり、途中でだれかが助け舟を出してやらなくてはならなかった。『人の揚げ足を取るんだから』。ケイトの集まりにくるのは、作品を書いてきた人間の揚げ足取りにやってくる人たちだ。だが、ほかの人なら許されることが、自分には許されない。その理由を心から知りたかった。

ケイトの辛辣《しんらつ》な言葉を気にしたのか、マイケルがイザベルのあとを追ってきた。ふたりは足の向くままに通りを歩き、思いつくままに話をした。やがてマイケルは、じれったそうにいった。ずっと前からその話をしていたような口調だった。「それで、僕の部屋にくるのか？　こないのか？」ぞんざいな口調を責めるつもりはない。当然イザベルは、行かないと答えるべきだった。だが、それでも……まるでブラウニングの詩だ。『ああ、軽やかな愛。半分は誠実な天使、半分は気まぐれな鳥』。半分どころかこの〝軽やかな愛〟は、九十九パーセント、鳥でできている。

横を向くと、熟睡しているマイケルが知らないだれかのように見えた。楕円形《だえんけい》の顔、上品な顔立ち、青白い肌、額《ひたい》にかかった薄茶色の巻き毛……ううん、やめなさい。彼の容姿を描写する必要はないのよ。

イザベルは、心の中で医者に語りかけた。お医者さま、わたしはどこかおかしいんです。ほかの人たちが街灯を数えるのだとしたら、わたしは街灯を描写してしまうんです。おかしいと思いませんか？　どんな感じがするか一度試してみてください。街灯が五つ並んでいたら、ひとつずつ丁寧に言葉で描写してしまうんです。だからって、だれに読んでもらうわけでもないんです……。

イザベルはそっと寝返りを打った。マイケルを起こしたくない。彼が目を覚ませば、推測を果てしなく繰り返すことになる。自分がどう見えているか、なにをいうべきか、どんな振舞いを求められているか。そして、推測はきまってはずれるのだ。

いつだったか、ある青年にいわれたことがある。「もう少し自然体でいろよ」

あの言葉はイザベルの肌を刺し、爆弾の破片のように、いまも皮膚の奥に埋まったままでいる。どう答えればよかったのだろう。

自分は世界に疎《うと》まれたからっぽの穴だ。それでいて、自分を疎むのは世界だけではない。昨夜のケイトは酔っぱらっていた。彼女のことは気にしなくていい。

ふと、答えがわかった。

あのとき、青年にはこう返すべきだった。

『わたし、頭がからっぽなのよ』


イザベルは乳母車の中にいる子どもをのぞきこみ、ぱっと身を引く。乳母車の裏側に張られた麻布の前で、子どもは、うつろな三角形の白い顔を悲しげにゆがめている。乳母車を押していたがっしりした看護師の女が、子どもの額を叩いてつぶやく。「頭がからっぽなのよ」

これはイザベルの空想だ。看護師にはどこを叩かせればいいだろう。額はあまりにもありきたりだ。言葉の工場はうなりをあげて動きつづける。だが、いったいなんのために？　工場の中では、無数の言葉が踏み車の上を走るネズミのように駆けめぐっている。工場が動きはじめると、そのたびに、閉ざされた扉の中から記憶が飛び出してこようとする。

イザベルはベッドから跳ね起きてバスルームに向かい、トイレに座った。さっきとは別の天井を見つめる。今度の天井は廊下のようにせまく、わずかにくぼんでいた。

突然、体がすくんだ。人目にさらされた場所で用を足しているような錯覚に襲《おそ》われる。自分は真っ裸で、服は遠くに置いてきてしまった——明るい光の中で襲われた生々しい感覚に、心細くなる。イザベルは声をあげて笑った。天井のせいでそんな錯覚を起こしたのだ。大きさ、形、そして色のせいで、一瞬、列車の客室にいるような気がした。人にはそれぞれ心があって、それが時どき勝手に冒険に出かけ、持ち主の肝《きも》をつぶさせることがある。時どきでも大笑いできるなら、それは幸運というべきだ。

イザベルは、頬《ほお》をゆるめたまま冷たい水で顔を洗い、湿ったタオルの端《はし》で水滴をぬぐった。それから寝室にもどった。

ドアのそばの壁には本棚がひとつあった。棚の前で膝をつく。『若き芸術家の肖像』、『アメリカの悲劇』、『オックスフォード大学編纂イギリス詩』、『標識塔』、『サンクチュアリ』、そして、ペンギンブックス。青年の関心は背表紙の色の数だけある。本棚は、心の国の色付きの地図のようなものだ。一瞬、その国で彼に出会えたらと願ったが、それが叶《かな》う望みは薄い。

ベッドから声がした。「読書家のタイプには見えないよな」

抑揚《よくよう》のない冷《さ》めた声をきくと、青と金の夢が恋しくなった。口から出てきた声は、自分で思っていた以上に陽気で、大きかった。

「見掛《カバー》けだけじゃわたしのことはわからないわよ」

「——いまのきみには、カバーなんか、かかってないけどな」

最悪だ——笑いをこらえているような声だった。

わざとらしい言葉の切り方が、イザベルをいっそう気まずくさせた。

イザベルは、ことさら澄ました声でいった。「フォークナーが好きなの？『八月の光』しか読んだことないけど、すごくよかった」

上品ぶった物言いをしたせいで、かえってきまりが悪くなる。真っ裸に帽子だけかぶったような間《ま》の抜けた気分だ。裸より裸になったようで心細い。イザベルは身を守ろうと、目についた本に無理やり意識を集中させた。横四インチに縦六インチ。バランスの悪い形で、古くてみすぼらしい。ひと目で自分向きの本だとわかる。座りこんでページを見つめたが、文字は追わない。マイケルは、裸を気にしているのかもしれない――イザベルも、裸でいることの意味を急に意識し始めた。アダムとイヴのことを考えたわけでもなかったが、無意識にイチジクの葉が頭に浮かんだのか、イザベルは、目の前にある同じくらいの大きさの本をつかんだ。

昨夜、ふたりして服を脱ぐ前、マイケルは明かりを消した。イザベルは、その仕草をおかしく思いながら、暗闇の中で服をかけるための椅子を探した。

「不思議だよ」マイケルは素っ気ない口調でいった。たいして不思議そうでもない声だ。「きみみたいな女の子のことはわからない。どうしてこんなことをするのかな」

〝こんなこと〟とはどういう意味だろう？　もちろん、ひとつしかない。

青年の問いかけは、確かに考える価値がある。百通りの答え方をしてみても、きっと満足のいく答えは見つからない。

その答えは、愛と関係がある——信用ならない関係が。

〝こんなこと〟をするのは、〝こんなこと〟をできるからだ。〝こんなこと〟のやり方に二種類しかなくても、イザベルは、きまって間違ったやり方を選ぶ。

イザベルは普通の人たちの仲間に入りたかった。そのためにはこうするしかない。

胸の奥には別の理由も隠れているが、それを表す言葉はない。理由は言葉ではなく、ひとつの風景だからだ。暗い砂漠だ。砂の上には、見上げるように大きな丸太、壊れた機械、止まった時計が散らばっている。イザベルの残してきたもの。無気力の象徴。

青年は呆《あき》れるだろうか——もしイザベルが、〝こんなこと〟が宗教的な儀式なのだといったら。なんであれ、とことん繰り返しさえすれば、霊的な感覚が降りてくるのだといったら。

「わたしだって、あなたがどうしてこんなことをするのかわからない。でも、理由をきこうとは思わないわ」

だれの声だろう？

わたしの声だ。自分がこんな声を出せるとは思いもしなかった。おだやかでくつろいだ声だ。きっと、この本のおかげだ。イザベルが感じている静かな気分は、間違いなく、手に持った固く小さな色褪せた本から流れこんできている。表紙を見ると、『聖人たちの言葉』とあった。不思議だ。なにかから解き放たれたような気がする。鎖から抜け出したような気分になる。

「きみは、自分の体がどうなろうと構わないんだな。見てればわかるよ」

お見通しだ。どんな方法を取ろうと、イザベルはほんとうの意味で人と結びつくことができない。

「さっきのは質問だったの？　答えを知りたいと思ってる？」

「知りたくなかったらきいたりしない」身構えるような、頼りない声だった。

「遠まわしに非難してるんでしょう？」

ベッドのスプリングがきしんだ。非難したことを非難されればいい気はしないだろう。

イザベル、あなた、ちがう人みたいよ。ずっと頭がいいし、別人みたい。

マイケルの言葉が気にならなかったのもそのおかげだ――賢いのは自分のほうなのだから、好きにいわせておけばいい。

マイケルは、起きたときにはイザベルにいなくなっていてほしかったのだろう。彼の膝のごつごつした形を思い出す。脚に触れたあの大きな膝を、まるで自分の体の一部のようにはっきりと覚えている。本音をいうと、少し寂しかった。じゃれ合いながらの言葉の応酬《おうしゅう》、暗がりの中で相手の体を探ったこと、うめき声、あえぎ声(片方はその振りでしかなかったが)。愛情をほのめかすような仕草を注意深く避けたこと。共通点、心の内、相手の体に対する不満、それらすべてに触れないようにしていたこと。

その一方で、イザベルはいまも、本が湛《たた》える神秘的な力について考えつづけていた。本から手を離すと、たちまち不安が忍び寄ってくる。本に触れると、不安はきれいに消えてしまう。不思議だ。魔法の杖を手に入れたような気分だ。

とにかくまずは、ベッドの向かいにある椅子から服を取ってこなくてはならない。ところが困ったことに、この不思議な本はここに置いていかなくてはいけない。椅子までの距離が果てしなく長く感じられた。だが、イザベルがこのまま動かなければ、ふたりは死体になって発見されることになる。飢え死にしたふたつの死体。一方はベッドの上に、一方は本棚の前に。

イザベルは、本の色と形を目に焼き付けた——紫の布の表紙は褪せて枯葉のように茶色っぽくなり、ページは、天井の染みに似た、古びて色褪せた太陽の光の色だ。ふと、意地の悪い考えが頭に浮かぶ。マイケルを挑発して、わざとひどい言葉を吐くように仕向けるのだ。そうすれば、本を盗む罪悪感も軽くなる。

なぜこのみすぼらしい本にここまで強く惹《ひ》かれるのか自分でも不思議だった——心の中で大勢の人が「NO」という人文字を作っているような、それでいて、聖パトリックの日のように心が浮き立っているような気分だ。これは自由の感覚だ——安全柵のあいだをすり抜けていくようにどきどきする。

このまま、柵の向こうに飛び出していけそうな気がする。

とにかく、この本はもらっておこう。本をいったん棚にもどすと、勇気を奮い起こして立ちあがり、歩きはじめた。胸を張ったり、おなかをへこませたりはしない(プライドがある)。服を置いた椅子のほうへ行く。

結局、マイケルは目を閉じていたので、心配していたような気まずさは味わわずにすんだ。礼儀正しいマイケル——本を盗んでいくことが申し訳なくなる。静かにブラジャーをつけてパンツをはき、ブラウスとスカートを身につける。鞄を探ってくしを取り出し、髪をとかす。「コーヒーを淹《い》れましょうか？　飲みたい？」

マイケルは、見るからに疲れた顔で、目を閉じたまま小さな声で返事をした。「いや、いい。ありがとう」もう大丈夫だとわかったのか、目を開けて続ける。「飲みたかったら淹れていいよ。必要な物は流しの上の棚だ」

「ありがとう」

サンダルをはき、鞄を持って本棚の前に置き(下準備は慎重に)、キッチンに行く。案の定、棚のコーヒーを探しているうちに、バスルームのドアが閉まる音がきこえた。耳を澄ます——水のタンクが、ブウンと音を立てはじめる。シャワーの音がきこえると、イザベルは寝室に急ぎ、本を取って鞄に入れ、同じ棚に並んでいた本の間隔を広げてすきまを隠した。玄関を出て、ドアを閉める。

階段を駆けおり、共用部のドアを開け、明るい朝の光に照らされた静かな通りに出た。両わきに並んだ家々はまだ寝静まっていて、本と同じように、秘められた人生を隠している。イザベルは、その考えが気に入った。生活には秘められた部分があったほうがいい。生活が命あるものに見える。

イザベル、いまのはすばらしい思いつきよ。『生活が命あるものに見える』。たとえ他人にわからなくても、自分にはこの言葉の意味がちゃんとわかっている。この種の言葉を思いつくたびに、言葉の工場はうなり、きしみ、織りあげた言葉を磨きはじめる。ところが、時おり工場が動くのをやめると、自分でも驚くほど、心がおだやかになるのだった。

明るい気分は、玄関から外に出て角を曲がるまで続いた。角のむこうは広々とした静かな通りで、並木が続き、立派な家々が立ち並んでいる。通りの先にある広い車道には、もう、車が何台も走っていた。車道の手前の角に、電話ボックスがあった。

記憶が吐き気のようにこみあげてくる。イザベル、自分がどういう人間か思い出した？　あんたは変態なの。いたずら電話の常習犯なの。

過去の話だ。あんなことはもうしない。時間も十分にたった。

いや、イザベルの時間はちがう。イザベルの時間は決して前には進まない。時間はただ、心の中に、消えない空間となって残る。

仏塔のような屋根の真っ赤な電話ボックスは、悪魔を祀《まつ》った邪悪な祠《ほこら》のように、イザベルを誘い込もうとする。イザベルは、重い足を引きずりながら、だんだん腹が立ってきた。「みんな、どうしてわたしの言葉に耳を傾けるの？　どうしてさっさと電話を切ってしまわないの？」電話を取った相手の中には、すぐに切ってしまう人たちもいた。だが、それもゲームの一部だ。見えない電話回線で見えない獲物を釣るゲーム。最後には必ず、イザベルの言葉に耳を傾ける相手が見つかった。困惑したような返事がきこえれば、それが、待ち望んでいたゲーム開始の合図だ。やめようと思っても、もう遅い。

電話をかけるのに必要な小銭を集めている時にも後ろ暗い喜びを覚えたが、最悪で最高の瞬間は、口から言葉がほとばしる時だった。喜びで身震いしながら、思う存分憎しみを吐き出す。あれと似た興奮を、人はセックスで得るにちがいない。

イザベルは、苦しくなって頭を深く垂《た》れた。一度、哀れみがかけらも感じられない、思い切り蔑《さげす》んだ冷ややかな声が返ってきたことがあった。「なんてみじめな人なの」あのときイザベルは、受話器を置き、身もだえするような屈辱と恥に駆られて電話ボックスを飛び出した。いまも、あの屈辱は和《やわ》らいでいない。痛みも以前と変わらない。鞄に手を入れてあの本を取り出し、しっかりと胸に抱く。最低の気分だったが、この状況が滑稽《こっけい》でもあった(ただし、笑う気にはなれない)。自分はばかみたいに通りに突っ立って、あるお守りをもうひとつのお守りと――本を電話ボックスと――戦わせている。だが、効果は確かにあった。背筋を伸ばし、落ちついて電話ボックスのほうに歩いていくことができた。それも当然だ。電話ボックスで吐き気をもよおすなら、本で吐き気がおさまるのも不思議はない。本を胸の前にうやうやしく掲げながら公衆電話に近づいていくうちに――自分を茶化さずにはいられない。なんて妙なことをしているのだろう――、針のような後悔に胸を刺された。一度、受話器のむこうから、悲しげな泣き声がきこえてきたことがあったのだ。あのとき初めて、イザベルはきちんと返事をした。声を涙に詰まらせながら「ごめんなさい、ごめんなさい」と謝って受話器を置き、それからは二度と、あの卑《いや》しくつまらないゲームには手を出さなかった。風変わりなおとぎ話のように、お約束どおりの出来事が起こり、ヒキガエルは人間らしい姿にもどれたのだ――王子に変われたと思うほど厚かましくはない。叶うなら、あの電話の相手に、イザベルにどんな変化があったのか知ってほしかった。もしかしたら、知っているのだろうか。涙まじりの「ごめんなさい」という言葉で伝わったのだろうか。

電話ボックスの横を通りすぎた。角を曲がったところにはバス停があり、ちょうど、街に行くバスが近づいてくるのが見えた。イザベルは足を速めてバスに乗り、数人の乗客たちのわきを通った。どの客も、眠気のせいか退屈のせいか、顔に表情がない。うしろの席に座ると、あの本を膝に置き、声に出さずにつぶやいた。「そう、これも読めるのよね」この本が読めるという考えが、この本が食べられるという考えと同じくらい突拍子もないものに思えた。本が自然にぱたりと開く。霊的な交感のようなこの種の偶然は好きだが、開いたページは、よりによって十字架のヨハネの項だ。陽気な聖人とはいえない。黄ばんだページにも、けちくさい小さな文字にも、強い精神を持つ十字架のヨハネにも、なんの魅力も感じなかった。『魂は――神との一致を目指そうとするならば――必ずや漠然とした暗夜《あんや》を経験することになる。暗夜とは、あらゆる欲求の抑圧《よくあつ》、あらゆるものに対する無私の精神。人間が命あるものに与える愛はみな、神の目にはただの闇にしか映らない。愛の内に囚《とら》われているが為《ため》に、魂が導かれることはなく、純然たる神の光と一体となることもない。わたしたちは何よりもまず、愛を与える行為を諦めなくてはならない』

『愛の内に囚われているが為に』――胸焼けしそうなほど悦《えつ》に入《い》った言いまわしだ。

イザベルは本を閉じ、聖人たちが捨てたものをいくつかもらえたらいいのに、と考えた。ちょっとした欲求のどこが悪いのだろう。

この項に書かれているのは、いわゆる〈浄化〉の説明だ。

閉じてしまうと、本はふたたび、読むことのできる書物ではなく、お守りになった。不思議な気分だ。この本が、自分を電話ボックスから守ってくれた――公衆電話の意味するところはよくわかっているが、それでは、なぜこの本がお守り代わりになるのだろう。表紙のせいだろうか。色褪せた紫のクッション、幸福な思い出のある紫色のカーテンのかかった部屋、アンおばさんの家――そのいずれかが関係しているのだろうか。紫はしゃれた色ではない。紫は宗教的な色、葬儀の色だ。だが、理由がわかってしまえば、お守りとしての役割をやめてしまうかもしれない。与えられる力を、ただ感謝して受け取ればいい。

イザベルは、中央通りでバスを降りて駅まで歩いていき、カフェに入ると、コーヒーを注文して手洗いに行った。本を洗面台の上の棚に置いて髪を直す。鏡に映った自分の顔を見ると、例によってうんざりした。顔立ちのほとんどは母親から受け継いだものだ――小さな口、ぽってりと厚い唇、尖《とが》ったあご、濃くまっすぐな眉。憂鬱が似合う顔だった。怒っていないときでさえ、少しでも真剣な顔をしていると、しょっちゅう、拗《す》ねているのかといわれる。しかし、こわばったイザベルの顔はすぐに和らぎ、短い笑い声がもれた――この顔は決して母親だけのものではない。この顔の借用権は、五十年間は母親にあった。だが、その権利は何世代も前から受け継がれてきたのだ。この鼻はかぎタバコをかぎ、戸棚に吊り下げられた丁子《クローブ》を刺したオレンジ〔オレンジなどの果物に丁子を何本も刺して戸棚に置き、虫除けにする〕の香りをかぎ、ペスト患者に贈られた薬草の束《たば》の匂いをかぎ、塩のにおいを、ローズヒップのにおいを、アイリスの根のにおい――イザベルの知らないにおい。これからも知ることのないにおい――をかぎ、セイヨウスイカズラの、ガス漏れの、そしてもちろん、ラベンダーの匂いをかいできた。そしてこの口は、祈り、呪い、キスをし、「愛している」といってきた――何世代も遡《さかのぼ》れば、そのような台詞《せりふ》もきっと口にされたにちがいない。そして、この目はどんな街を映してきたのだろう。門、張り出した大枝、風のない日に並木が作る長いアーチ道、よそよそしいアスファルトの坂道、その坂の下で悲しげなため息をつきながら酔っぱらったように暴れる海、家々のひしめく丘に敷かれた太陽の金襴《きんらん》からそびえ立つ尖《せん》塔《とう》。

イザベルは、その場所を愛した。その世界、その広大さ、果てしなさ――建ち並んだ青と白の尖塔、静かな水面に映る大理石、失われ草生《くさむ》した都、神秘的な祭壇、森、城、日の光を照り返し、ゆったりと流れていく氷河、おびただしい数の建物が並ぶ地平線。世界は豊かだということも、十九歳でいるということも、十九歳の細胞が、まるで果樹が実をつけるように、目を、口を、体のあらゆる部分を形作ることも、その細胞がひとつ残らず十九歳だということも、イザベルを喜びという名の観覧車に乗せて、はるか上まで連れていった。イザベルはうつむいて髪をとき、流れる髪で喜びに輝く顔を隠した。やがて、静かに地上にもどってきた。われを忘れていたイザベルは、本を持たずに手洗いを出ていき、あわてて引き返した。本を取って鞄にしまうと、ほっとした。それでも、これは、ただの古ぼけたちっぽけな本だ。冷静にならなくては。

本で甦《よみがえ》った記憶があった。『世界の切手帳』という本のことだ。タージマハルの図案のインドの切手や、太陽の神殿の図案のペルー(クスコ市街)の切手や、ピレネー山脈の農夫の図案の切手。あの色褪せた小さな切手から、いまイザベルの視界に現れた、浮かんでは消える果てしない世界のイメージが生まれてきた。奇妙な気分だった。十歳かそこらの時分に樽に詰めておいた喜びを、十九歳になって味わっている。心が浮き立ってくると、街をあてもなくうろつくのはやめて、帰って自分の部屋と向き合おうという気になった。元気にならないうちは、ドアを開けて、荒れた部屋に立ち向かう気にはなれない。使ったままの食器、テーブルの上に置いたままの油染みたフライパン、部屋の隅に小山になった汚れた衣類——偶然でこれほど部屋が散らかるわけがない。この散らかりようは、イザベルが自分自身にあてた伝言だ。

その伝言とは、静寂と孤独だった。静寂は言葉の工場を動かし、孤独は公衆電話のゲームにイザベルを駆り立てる。心の中が荒《すさ》めば、心の外も荒む。イザベルは、着ていた服を脱いで部屋の隅に放り、それを見てさらに憂鬱になった。

洗濯物を片付ければ心の内も片付くだろう。思いつきを行動に移そうと、ドアのうしろの壁のフックから洗濯物袋を取って、汚れ物を中に入れていった。

だれかと過ごすこともできた。フランクと一緒に党の集まりに出かけてもよかった。フランクは、きみに似た仲間がきっといる、と誘ってくれたのだ。

「イザベル、おれも普段は人を集会に誘ったりしない。ただ、きみには合う気がする」

「あなたは、党の人が考えなさいといったことを考えてるのよ」

「それでも、党は正しいことをいう」

イザベルは、生きるのに必要な理由が欲しかったが、まだ、どれかひとつを選ぶことはできずにいた。そのうち、理由のほうでイザベルを見つけてくれるだろう。

ベッドに腰かけて部屋を見渡し、どうすれば居心地がよくなるだろうと思案する。洗っていない皿が目障りだ。汚れ物の山は片付けてしまった(あっというまだった!)。なによりうっとうしいのは、テーブルの上でだらりと垂れ下がっている剝《は》がれた壁紙だ。のりでくっつけようとしたこともある。それがうまくいかないとあきらめてしまったが、剝がれた壁紙のことはいつも気にかかっていて、つい、衝動にまかせて引き裂いてしまいそうになった。そんなことをすれば、みすぼらしい部屋はもっとみすぼらしくなる。剝がれた部分を切り取ってしまって、むき出しの壁に雑誌の切り抜きを鋲《びょう》で留めてもいい。イザベルは、裕福な暮らしに心から憧れていた。深紅や枯葉色の糸でサテンのように艶《つや》やかなステッチをした刺繡《ししゅう》パネルが欲しかった。

いや、刺繡パネルなら、自分で作ればいい。

その時、常に真後ろから吠えかかってくる過去という名の犬たちの中から、一匹が牙を立て、イザベルは顔をしかめた。そうよイザベル、あなたの刺繡の腕前は一流だったでしょう? 家庭科のハーマン先生のことを思い出す。いやみったらしいあの女。「イザベル・キャラハン、あなたの作品を前に持っていらっしゃい」(「好きな花をデザインしましょう。ロングステッチとショートステッチかステムステッチを使って、裁縫箱の中から好きな色の糸を選んでいいですよ」)イザベルは作品を持って慌てて前に出ながら、誉《ほ》め言葉を期待していた(ハーマン先生の声には、これから楽しいことが起こりますよ、と期待させるような調子があった)。イザベルの作品は、輝く大輪の花で、ピンクと真っ赤な糸が、黒みがかった赤い糸で刺した花芯《かしん》から放射状にのびていた。クラスメートのデザインを見れば、危険を察知できたのかもしれない。ほかの女の子たちの花は、ピンクからクリーム色のグラデーションのついた上品なバラや、黄色い花芯の白いデイジーだった。

「イザベル、これはなんという花です?」ハーマン先生の唇は、小刻みに震えていた。「バラかしら? みなさん、これがバラに見えますか?」先生は、クラスの生徒たちがよく見えるように、刺繍を高々と掲げた(イザベルが期待していたとおりの光景だったが、それが意味するところは予想とまったくちがっていた)。「とんでもない。これがバラなわけないでしょう?」教室のあちこちから抑えた笑い声がきこえはじめた。面白がっていいんですよ、という合図に気づいたのだ。「こんな花、先生は見たこともありません。見たことがあれば覚えているはずですからね」

どっと笑い声が起こり、イザベルは、顔に浮かべていた笑みをどうすればいいのかわからなくなった。笑顔を消すならうまくやらなくてはいけない。イザベルの顔からゆっくりと笑いが消えていく様《さま》が、この冗談の一番面白いところだ。そこでイザベルは、わざと満面の笑顔を作って、クラスメートたちと一緒に面白がっているふりをした。それがハーマン先生の癇《かん》に障った。先生は刺繍をイザベルに返していった。「ふざけてないで席にもどりなさい。こんな悪趣味な作品を作ってくるなんて、笑い事なんかじゃありませんよ」

十字架のヨハネの威信《いしん》が揺らいできた。『暗夜とは、あらゆる欲求の抑圧、あらゆるものに対する無私の精神』。それなら、ハーマン先生のような人のことはどう考えればいいのだろう。強制的に引っ張ってこられた修道女もいるということだ。しぶしぶ聖人のふりをする者もいるらしい。

ハーマン先生の一件以来、イザベルは刺繍に寄り付かなくなっていた。

だが、なぜ？　絹糸を巧みに手繰《たぐ》る時に感じた指先の快い感覚は、いまもはっきりと覚えている。ハーマン先生はもういない——死んだのかしら。ピンクでも紫でも、なんでも好きな色で花を刺繍できる。自由とはそういうものだ。イザベルは声をあげて笑い、時計を見た。十一時十分前——いまなら、グレース・ブラザーズに駆けこんで、店が閉まる前に必要な買い物ができる。ぱっと立ち、急いでトイレをすませて鞄を取り、また部屋を飛び出した。いても立ってもいられないほど刺繍のパネルが欲しかった。

大急ぎで買い物をすませると、息を弾ませながら部屋にもどり、包みをベッドに置いた。中には、刺繍の見本帳と、カーボン紙、トレーシングペーパー、鉛筆、定規、ハサミ、針、リネン、絹糸(結局、紫は買わなかった——赤みがかった金、金、鮮やかな赤、クリーム、ピンク、オリーヴグリーン、枯葉色の茶色)が入っている。見本帳を開き、店で選んでおいたデザインが載ったページを開いた。木の図案で、枝には、現実にはとてもありそうにない様々な花や果物や鳥が配置されている。

面倒な下準備をすませないと、針に糸を通して最初のステッチを刺すという待ち望んだ瞬間にはたどり着けない。図案を写して、写した図案を拡大して、拡大した図案をリネンに写す。そのあいだにも、食器を洗い、食事をし、また食器を洗い、あの本の意味するところを突きとめなくては。

図案を写す作業は、考え事のおかげではかどった。

ある考えから、イザベルはずっと目をそらしつづけていた――あの本に力を与えているのは、宗教だろうか。もしそうなら悲劇だ。宗教が役に立たないことは知っている。神さまのことをよく考えていた頃もあった。そのあと、神さまはほんとうに存在するのだろうかと思案して、それきり神さまのことを考えるのはやめにした。宗教に夢中になっていた時期があったことは確かだ――あの頃はまだとても幼かったにちがいない。キリスト受難《じゅなん》の大きな像の前にひざまずくと、絵の具の血を塗った石膏《せっこう》の足も、そこに突き刺さった不気味な釘《くぎ》も、ちょうど目の高さにあった。あれは子どもじみた遊びだった。神さまを空想の友だちのように考えていた。祈りを捧《ささ》げに行き、会いに行き、それから家に帰るのだ(特に変わった習慣でもない)。宗教に対する熱はあっというまに冷めた。想像の友人としての神さまは制約が多い。洗いざらい打ち明け話をすることもできないし、行儀よく振舞っていなければならない。なにより、イザベルは神さまが好きになれない。好きになろうとすればするほど、嫌いになった。だから、この本が宗教と関係あるはずがない。この本の価値は、雰囲気……オーラのようなもの……いやちがう。この本の大切な価値は、友情のようなもの、少なくとも仲間意識のようなものだ。共感や共鳴。

仮に友情を手に入れたのだとしたら、それを理解したかった。退屈だろうとなかろうと、この本には、きちんと向き合うだけの価値がある。

図案を写すのに疲れてくると、本を手に取って、読んでみようかと考えた。

イザベル、読んでみなさいよ。聖人は十字架のヨハネだけじゃないでしょう？　陽気な人もいたじゃない。アウグスティヌス（『貞潔《ていけつ》と節制を与えてください。いますぐにではなく』）もいたし、聖トマス・モアもいた。

イザベルになにがわかるというのだろう。心の中の枯れ果てた大地で、なにかが身じろぎする。そうだ、自分は聖人のことをどれだけわかっているというのだろう。修道院で学んだことは物の数に入らない――あれはまだ子どもの頃だった。修道院で覚えているものといえば、修道女たちがしょっちゅう授業で使った派手な色の小さな聖画くらいだ。イザベルのお気に入りは、銀白色の鎧《よろい》に身を包んだ聖女ジャンヌ・ダルクだった。聖イザベルは退屈そうな老いた王妃で、聖画としては地味だった。聖アグネスは子羊を抱いて天国を見つめ、やりすぎなほどいい子ぶっているように見えた。そうだ、あの聖画だけは、記憶の中で鮮やかに輝いている――中には特別な聖画もあった。石膏のプレートにはめこまれ、吊り下げて飾るためのリボンが付いているのだ。成績のいい生徒がもらえる賞だった。特別なプレートを家に持って帰ったときのことはよく覚えている。自分も一度くらいは正しいことができたのだと思うと、誇らしい気分で胸がいっぱいになった。

そして、この本が現れた。

手始めにアウグスティヌスのページを探しながら、あの文句を思い出そうとした――どうかわたしに貞潔を、という言葉を。正確な文句は忘れてしまったが、最後の「いますぐにではなく」という部分は覚えている。ところが、驚いたことに、どこにも見当たらなかった。庭に陣取るアウグスティヌスの挿絵は載っていたが、イザベルは居心地が悪くなり、急いで次のページをめくった。アウグスティヌスの絵を見ると、全能の神かなにかにふいに肩を叩かれ、体の自由を奪われてしまいそうな不安に駆られる。

次は十字架のヨハネだ。今度ばかりは目をそむけてもいられない。

冒頭には、すべての快楽を拒む暗夜についての説明があった。イザベルは、敬意を払って文章に集中しようとしたが、内心では、無理をして人間らしい楽しみをあきらめるなんてどうかしている、と思っていた。

同じページには、名誉を守って欲望に打ち克つための決まり事が載っていた……いまのイザベルにはちょうどいいリストだ。

1. 自らが軽んじられるように行動せよ。汝《なんじ》を軽んじるよう他者にも求めよ。（たとえば、どうぞ急所を蹴っ飛ばしてください、と書いたボードを首から下げておくようなことだろう。こんなことならイザベルはとうに実践している）
2. 自らを蔑むように話せ。汝を蔑むように他者を仕向けよ。（これもすでに実践している）
3. 自らを卑しく蔑むべき存在だと自覚せよ。汝を卑しく蔑むべき存在だと見なすよう他者を仕向けよ。

ひとつ目のきまりが、厄介者《やっかいもの》の自分をあまりに的確に表していたので、イザベルはくすくす笑った。三つ目のきまり事を読んだあとも、静かな笑いはおさまらない。なんてこと――天国に向かう途上にいたのに、自分ではそうと気づいていなかったなんて。

口元をゆるめたまま、聖トマス・モアのページをめくる。

〈死について〉

『……仮にあなたが青年だとしよう。二十歳のあなたは、いうなれば、人生の中でもっとも激しい渇望を抱いている。また一方には、九十歳の老人がいる。あなたたちはふたりとも必ず死を迎える。あなたたちは前に進みつづける車の中にいる。老人を待つ絞首台と死は、どれだけ遠くとも、十キロと離れていない。一方あなたを待ち受ける絞首台と死は、八十キロほど先にある。わたしは不可解に思う。なぜあなたは、老人よりも死について深く考えないのか。あなたの道行きは老人よりも長いかもしれないが、その時がくるまで、あなたの車は走りつづけるのだ』

イザベルの顔から笑みが消えた。涙がこぼれる――『二十歳のあなたは、いうなれば、人生の中でもっとも激しい渇望を抱いている』。これは、ニックのための言葉だ。自分にはその死を悲しむ権利などないと思いこんでいたニックのための言葉だ――だが、悲しむ権利は自分にもあったのだ。なぜなら、イザベルも、若者たちのひとりなのだから。ヘレンとトレヴァーがそっと抱き合っていた姿を思い出す。ウォルター氏とオリーヴのことを思い出す。『前に進みつづける車』の音をきいたとき、ふたりは深い思いやりを見せてくれた。

イザベルは本を閉じた。もちろん、なにか新しい知識を得たわけではない。プレンダギャスト夫人も同じことをいっていた。だが、トマス・モアの表現のほうがずっと腑《ふ》に落ちる。まさにその腑に落ちる表現こそが、この知識を新しいものにしていた。

死すべき運命。愛や兄弟愛は、すべてここから始まる。わたしたちはみな、死すべき運命を共にしている。居場所が与えられるのは、死すべき運命にあるからだ。ジョン・ダンの詩にもあるように――『故《ゆえ》に問うなかれ。誰が為《た》に弔《とむら》いの鐘はなるのかと』。死を語るという行為は宗教的なものではなく、たとえば詩のようなものなのだ。

中には、弔いの鐘がきこえない者たちもいる。母親やダイアナのように、生きながら死んでいるような人たち――彼女たちのために涙を流すことはかまわない。だが、彼女たちのことで思いつめることもない。自分の力で手にした新しい視界を大切にしていればいい。

今日はもう、十分この本について考えた。イザベルは図案を写す仕事にもどりながら、明日になったら、あることをしようと心に決めた。自分が育った郊外を訪れて、自分が歩んできた足取りをたどり直し、思い出が、この本の意味をつかむ手がかりが見つかるか試してみよう。ほんとうに思い出をたどれるのだろうか。想像するのもむずかしいような観光旅行だ。たちまち、あの街角が頭に浮かぶ。おもらしをしてパンツを濡《ぬ》らしてしまい、ぎこちない足取りでよたよた家まで帰っていったときのこと。もものあいだには、冷たく濡れて重くなったパンツの生地《きじ》が、だらりと垂れていた。そのうしろを、ディアドラ・フィッツジェラルドがずっとついて歩き、おとなびた奇妙な声で笑いながら、イザベルの濡れた靴下を指さしていた。

自信が湧いてくる。あの記憶が甦っても、気恥ずかしさは感じない。わたしたちはふたりとも幼かった。ひとりはよたよた歩き、ひとりは笑っていた。ほかになにができただろう？

記憶を探っていると、おしっこがもれそうだという焦りと、ひとりの年上の女の子とが結びついた。牛のようにぼんやりした目の劣等生で、ひょろりと長い脚をしていたあの子。あの少女が、トイレに行こうとするイザベルの前で通せんぼをして、右に左に跳びながら、両手を突き出してイザベルをぶとうとしたのだ。トイレに行く権利は、万人に等しく与えられている。とびぬけて魅力的な女の子である必要もない。記憶の中で不格好に歩く自分の姿に、イザベルは、いままでとはちがう寛大な視線を向けた。

翌朝目を覚ましたイザベルは、すぐにするべきことを思い出したが、少しのあいだその考えはわきに置いておいた。午前中は、服を洗濯したり、写した図案を引き伸ばしたりして過ごした——この調子でいけば、週末には最初のステッチを刺すことができそうだ。もちろん、剝がれた壁紙はしばらく目立つだろう——そう思うとおかしくなったが、気にはならなかった。なくしたとばかり思っていた自分のささやかな誇りを、ふたたび見つけることができたのだ。

ランチがすむと、出かける仕度を始めた。ひとつ確かなのは、これが遠出ではないということだ。バスルームに向かいながらイザベルは考えた。この下宿先のバスルームは建物の一番奥にあり、イザベルの部屋からは一番離れている。さらに、トイレはバスルームの一番奥だ……そんなことを気にする自分に呆れた。だが、バスルームの入り口で通せんぼをする意地悪な女の子はもういない。それだけでも進歩だった。それにしても、郊外まではどれくらいあるのだろう。三キロほどだろうか。十九年間、仕事を別にすればそれほど遠くにひとりで出かけたことはない。一家で夏の休暇を過ごしにペンションに泊まった小旅行くらいだ。だが、今回の訪問と、あの小旅行とはわけがちがう――あの時のイザベルは、連れていかれる身だった。自分の足でこんなに遠くへ出かけることは、これまで一度もなかった。

イザベルは本を鞄にしまった。公衆電話から、そして、予測もつかないなにかから、身を守るためのお守りだ。

不安はあったが、思っているほど悪い旅にはならないかもしれない。

バス停までの道を歩きながら、イザベルは笑いだしそうになった。距離の上ではささやかな旅でも、おかしなことに、時間の上では長い旅のような気がする。あの町を離れて、まだ一年もたっていないのだとしても。ほんの一年足らず前、マーガレットは、がらんとした居間に立ちつくして泣き、その横でイザベルは、自由の空気を深々と吸っていた。

これから訪れようとしている郊外は、イザベルの幼い頃の記憶と結びついている。イザベルは、人が街を作るという事実をうまく理解することができない。地図を見ると、昆虫が作ったような街に、糸を張りめぐらせたような細い道がびっしりと走っている。

恋人たちが通りをのんびり歩き、彼らだけにわかる〝アリの通り道〟をたどっている。一組の夫婦が、ショーウィンドウの前で足を止めて、ガラスの向こうをのぞいていた。母親が押していた乳母車には、絹のような肌と宝石のような瞳の赤ん坊が乗っていた。赤ん坊は、ぱたぱたさせていた足の片方をつかみ、白いレースの靴下をはいたその足を口に押しこんで熱心にしゃぶりはじめた、

赤ん坊が乗っているのは、死に向かって進みつづける車だ。乳母車ではない。イザベルはぞっとした。記憶に刻み込まれた悲鳴が耳の中で響く。愛にはどんな価値があるのだろう、というあの問いが、ふたたび頭に浮かんでくる。

バスに乗ってからもまだ、イザベルは、愛らしく、いかにも壊れやすそうだったあの赤ん坊のことを思って心が晴れなかった。これ以上死のことを考えたくない。車から逃れることはできないという考えを、頭から追いやりたい。イザベルは、羽虫のように小さな言葉が命を宿す前に叩きつぶした。一度言葉が飛び始めれば、重要な問題に集中できなくなる。そして、これは重要な問題だ――いつかは死ぬ身でありながら、永遠に生きられるのだというふりをして生きるということ――そのふりをせずに生きる勇気がある者がいるだろうか。

愛は死すべき運命にある肉体から生まれながら、その事実を知ることは許されない。

イザベル、いまにあなたもプレンダギャスト夫人みたいになって、偶像に山のようなお供《そな》えをするようになるわよ。ため息をつき、美しい花輪を供え、白い棺《ひつぎ》を供えるようになる……そんなことは考えたくもない。さっきの赤ん坊が、徐々にその命をすり減らしながらがっしりした中年の女に成長し、脚に静脈瘤《じょうみゃくりゅう》ができたり、あごに毛の生えたほくろができたりすると考えるだけで、十分に憂鬱

だ――それは、人間がどうにか耐えることのできる、ひとつの死の形ではないのだろうか。

人は死ぬものだと気づいている人もいれば、気づいていない人もいる。知っているとしても、その理解の程度には段階がいくつかある。死の存在に耐えられないのなら、生を大事にし、その価値を信じ込むしかない。慌ただしい生命の出入りに価値を見出すしかない。

バスは、イザベルの生まれた郊外を走る大通りの入り口で止まった。バスを降りて歩きだす。あたりは驚くほど静かだった。パラマッタ通りに、日曜日の散歩を楽しむ人びとの影はない。通りが寂しげに感じられるのは、人がいないことだけが理由ではない。これまで一度も、教会からパラマッタ通りに続くこの道を、自分の〝アリの通り道〟だと感じたことがないからだ。

イザベルは、観光客のように、古風な家並みを眺めわたした。扇形の明かり取りの窓、五十一丁目の家を思い出させるステンドグラス、大理石のタイルを敷いた階段、模様付きのタイルがはめこまれているのは……あれはなんという名前のものだっただろう。垂直壁？　なにか特別な言葉があったはずだ……とたんに、言葉の工場が動きだす。名前のないものは、必ずイザベルを脅《おびや》かし、名前のない色は必ずイザベルを悩ませる――海のような翡翠色《ひすいいろ》？　チョコレート色？　灰色の点が散った白い大理石には適当な表現が見つからない。

鞄の中を探って本をつかむと、とたんに言葉の工場は静かになった。イザベルは、本に守られながら、歩きつづけた。

やがて教会に着いた。角が崩れて丸くなった赤レンガの建物は、とても慎み深く見える。なぜイザベルは、教会に通うことをやめてしまったのだろう。ミサに出て自分だけの考え事にふけることをしなかったのだろう。大勢の人たちが当たり前にしていることを、イザベルはしてこなかった。いまイザベルは、身を縮めて路地裏をすり抜けながら、十時のミサに出かけるふりをしていた。言葉にするのが怖くなるような思いつきが耳元で小さくささやきかけ、イザベルはその声に夢中で耳を澄ました。もしかすると、自分にはほかの人たちと同じように、なにかを信じる権利があるのかもしれない。だが、だれかに見つかるかもしれない、母親に言いつけられるかもしれないという恐怖が、いつもイザベルの体をすくませる。

　イザベルには、いまでもなお、罪悪感がある。ミサに出なかったことへの罪悪感ではなく、人目を避けていることへの罪悪感や、恐怖を感じていることへの罪悪感がある。だが、罪悪感なら慣れている。今日は普段よりましなくらいかもしれない。古い建物の無頓着《むとんちゃく》な佇《たたず》まいが、心を落ちつかせてくれた。

　教会の入り口には、パンフレットの棚と、教区民に向けた掲示板、そして聖水盤があった。聖水盤を見ても、なんの感慨も湧いてこない。それでも、中に進んでいくうちに、なぜ自分がこの場所を足《あし》蹴《げ》にしてしまえないのかわかった。教会はほかのどんな建物にも勝る。なぜなら、教会は常にひとつの殻《から》に過ぎず、そしてその殻は、それが包みこんでいるものに比べれば取るに足りないからだ。教会が抱《いだ》いているのは、薄暗い平和と静寂、染みのように残った、言葉にならない感情の切れ端だ。奥に、キリスト受難の大きな像が見えた。祈りの言葉が浮かんでくることはない。色褪せた苦悶《くもん》だけを感じた。受難の像は昔より小さく見える。子どもの頃に見た光景と比べているのだから、それも当然だ。小さな頃は、血を流す石膏の足が顔の前に迫ってくるように思えたが、いまはその足もごく普通の大きさになり、そして記憶とは異なって、意外なほど床に近く見えた。教会自体はそれとは反対に、記憶よりも大きく見える。

告解室のまわりには、罪悪感と苦悩が渦を巻いていた。祭壇の両わきには、天使の像が一体ずつ膝をつき、磨きこまれた真鍮《しんちゅう》の燭台《しょくだい》を掲げている。燭台には枝がいくつもあり、それぞれにロウソクが立っている。ロウソクの先に付けられた小さな白っぽい電球は、まるで人間の変形した爪のようだ――以前のイザベルは、この電球を不愉快な象徴だと考えて、祈禱書《きとうしょ》の陰からこっそりにらみつけていたものだった。作り物の美徳が許せず、作り物のロウソクの明かりが許せず、作り物の信仰心が許せなかった。そしていまも、にせもののロウソクはここにある。イザベルが昔そうだったように、幼い反逆者たちもこのロウソクに刺激されて、深い物思いにふけるのかもしれない。紳士ぶったセールスマンの姿が目に浮かぶようだ。ペレグリニの店のカウンターの裏で、片足を少し引きずりながら、客を暗示にかけるような笑みを浮かべている。「神父さま、こちらの燭台はおすすめですよ。とっても……きれいですからね」

イザベル・キャラハン、あなた地獄に落ちるわよ。教会の中でふざけるなんて。

説教壇《せっきょうだん》は記憶とまるでちがっていた。記憶の中の説教壇は、彫刻を施《ほどこ》したオークでできていて、見上げるように高いところにあった。ところが、実際の説教壇は床に据《す》えられ、質素な造りで、壇に取り付けられた真鍮のレールから色褪せた赤いカーテンがかかっていた。理由はわからなかったが、この説教壇がイザベルの心に触れた。あの本と同じように、親しみのこもったおだやかさを湛えている。イザベル、なんていやなやつなの。水脈占い師〔水脈を探す占い師のこと。水脈の上にくると、手に持った棒や振り子が揺れるといわれている〕みたいに、手に持った杖を前に突き出して教会をうろついて、杖が反応するのを待っているなんて。それでもイザベルは、手の中の見えない杖が震えるのを感じて、落ちつかない気分になっていた。

その場に立ってしばらく待ってみたが、説教壇はなにも語りかけてこなかった。イザベルは教会を出て教区司祭館のわきを通りすぎ、校舎のほうに歩いていった。わざわざ心の中を探らなくても、記憶はひとりでに甦ってくる。暗算の試験があった恐ろしい日のことだ。五十題の暗算の問題が出され、すべてに正解したイザベルは、空いた机に囲まれてひとりだけ席に着いていた。ほかのクラスメートたちは、壁際でひとかたまりになって立っている。生徒ひとりにつき問題がひとつ出され、もし答えを間違うと、修道女が振りまわしている杖でぶたれることになっていた。ひとりの、まっすぐな真鍮色の髪のやせた小柄な少女は、灰色がかった目いっぱいに恐怖を湛えていた。イザベルは無表情だった。無表情という言葉の意味をきちんと知っている者はいない――無表情というのは、落ちつき払った表情ではなく、裸の、むき出しの表情のことだ。心の内を見せてしまう恥ずべき過《あやま》ちのことだ。内臓を人目にさらすことと変わらない。

どうして、一問か二問、わざと間違えてあげなかったの？　どうして、みんなのことを考えて、基準点を低くしてあげなかったの？　だが、そうしたところで、一体どれくらいの生徒が罰を免《まぬが》れただろうか。自分もあの中のひとりになっていたかもしれないのだ。イザベルにそんな危険を冒す勇気はなかった。

金網のフェンスとその向こうのクスノキの木立の先に、こぎれいなコンクリートの校庭が見える。子どもも、幽霊もいない。がらんとしている。追いかけてくる幽霊たちはいない――あの日イザベルは、ひとりで歩いていた。うしろから、子どもたちの一団が追いかけてくる。歩調をイザベルの歩調にぴたりと合わせている。自分が歩く速度を上げたのか、子どもたちが歩く速度を上げたのか、とにかく、気づくとイザベルは走りはじめていた。校舎の角を曲がり、手洗いのある行き止まりまで走っていく――考えなしのイザベル。だが、考えればどうにかなっただろうか。それがなにかの役に立っただろうか。イザベルは走り、うしろの子どもたちも走った。気づけばイザベルは、レンガを積んだ控え壁と壁のあいだに追いつめられていた。やけになってうしろを振り返る。子どもたちの先頭にいた少年は真後ろに迫っていたので、気まずくなるほど近くで視線が合った。結局、なにごともなかった。なにも起こらなかった。少年は手を前に突き出し、形だけイザベルの髪をつかんで軽く引っ張ると、その場に立ちつくしてイザベルを見つめた。うしろの子どもたちのひとりが叫んだ。「早くやれよ！」少年はその言葉でわれに返ったかのように、ぱっと振り向いて怒鳴り返した。「うるさい！」そういうなり、仲間を押しのけ、だっと駆けだした。子どもたちは、今度は少年を追いはじめた。ひとり残されたイザベルは、なんとなく寂しい気分になっていた。だれかとこんなに近づいたのは初めてだったからだ。

あの角のあたりのフェンスをたどっていくと、レンガ造りの控え壁と、半分だけレンガで覆われた壁が見つかった。レンガは、どっしりした壁の土台と、その上の部分の継ぎ目を覆っている——足が止まり、息をのんだ。この紫がかった壁のレンガが、自分のちょうど鼻の高さにきていたことを思い出した。暗算の名人、抜け目なく立ちまわる子ども、生き延びた子ども——その小さな女の子は、レンガ十二個分と半分の背丈しかなかったのだ。

イザベル・キャラハン、これ以上昔のちっぽけな自分をいじめるのはよしなさい。

もうひとつ目を見張ったのは、レンガの寒々しさだった——そこに、クラスメートたちに対するやましさから壁のあいだに顔を隠したイザベルはいない。残っているのはただ、情報の断片、ほんとうの記憶。もちろん人は、ほんとうの記憶が甦ったところで、自分自身の姿を正確に思い出すことはできない。哀れな自己像はすべて、本人が作りあげたにせものだ。少なくとも、自己憐憫《じこれんびん》で飾り立てられている。

イザベルは祈った——堂々めぐりをするこの愚かしさをだれにも知られませんように。

引き返して教会のそばを通り抜けると、また別の記憶が甦ってきて足を止めた。説教壇に立つ若い神父が、親切そうな顔を信徒たちに向けて、クモの巣が張った部屋のような魂を這いまわる虫の話をしている。神父は、まっすぐにイザベルの顔を見据え、目に映ったものをただ受け入れる。

それだけのことだったのだ。あの時のおだやかな高揚《こうよう》、なにもかも解決されたのだという感覚、そして安らかな感覚。一気に甦ってくる。

あのときイザベルは、聖霊の力のようなものを受け取ったと感じた。

はじめから、あれが手違いだったということには気づいていた。きっとあの力は、となりの席の女性に与えられるべきものだった。それでもイザベルは、神さまの御恵《めぐ》みを受け取ったことに気づくと、失わないようにできるかぎりのことをして、数週間のあいだ守り抜いた。聖人のことも、柱の上に座ったり、体を洗わずにいたりする奇妙な苦行のことも、あのときは理解できた。御恵みの喜びはだしぬけに訪れ、人は、それを失わないための手段を自力で探らなくてはならない。決まった手段はない。イザベルがあんなにも不安になったのは、きまりがなかったからだ。聖人に関する本を片端から読んで、秘密を解き明かそうとした。長続きしなかったことは確かだ。それでもイザベルは、魔法のようにおだやかだったあの日々を思い返し、紫色の本に触れたときに感じた落ちつきのことを考えてみた。あの時これと同じ本を読んだ記憶はないが、覚えていないだけで、読んでいたのかもしれない。あるいは、タイトルの〝聖人たち〟という言葉が、あの時期の平穏な心を甦らせたのかもしれない。

これでなにもかもはっきりした。結局、宗教が関係していたのだ。深い失望が襲ってくる。鞄の中の本を探っても、物悲しさしか感じない。宗教には注意していたというのに、便利なおまじないを、見覚えのある別のおまじないに交換したに過ぎなかった。宗教は確かに幸福を与えてくれる。もちろん、宗教は人を幸せにしてくれる——だが、それは重要ではないのだ。

イザベルは、行き先もわからずに歩いていた。大通りを中ほどまで歩き、公園のそばを通りすぎる。いつのまにか学校を離れ、昔の家に向かっていた。

家に行って悪い理由もない。一度始めたことは徹底的にやり通したほうがいい。家を見に行って、あそこに取《と》り憑《つ》く亡霊を追い出してしまえばいい。いまのイザベルは無防備だ。美徳の象徴だった本も、いまではただの本だ。だが、通りは広々として、とても平和そうに見える。少しくらい冒険をしても危険はないかもしれない。よく知っている角を曲がっても、懐かしさはみじんも感じない。よそ者になった気分だ。坂をのぼって道を渡り、坂をおりて角を曲がり、また坂をのぼる。やがて、あの家が見えた。抜け落ちた歯のように生気が感じられない。イザベルは静かに立ち、なにかを待ち受けた。だが、なにも起こらない。感じるのは虚《むな》しさだけだった。イザベルは歩きはじめた。

そのとき、声がした。「イザベル！　イザベル！」

逃げろ！　イザベル、逃げろ！　あのご婦人の名前を勝手に新聞に載せただって？　きっと牢屋《ろうや》に入れられるぞ。父さんたちもとてもかばってやれない。どうしてママにきかなかった？　どうしてパパにきかなかった？　逃げろ！　イザベル、逃げろ！　隠れろ！

だが、もう手遅れだ。子どもの頃のように、うつむき、心臓をどきどきいわせながら逃げることはできない。イザベルは捕まった。勇気を奮い起こして、声の主の女性を見る。玄関の前の小道を歩いて門に近づいてくる——小柄な女性を前にすると、イザベルは、自分の震える体を何倍にも大きく感じた。魔法の飲み物を飲んだ不思議の国のアリスのような気分だ。体を縮める魔法のケーキが一刻も早く欲しい。

アダムス夫人。三軒おとなりのアダムス夫人。アダムス夫人が微笑みながら近づいてくる。あのことはもう忘れてしまったのだろうか。わたしをさらっていこうとしていたアダムス夫人。わたしを捕まえていこうとしていたアダムス夫人が、嬉しそうな笑顔で近づいてくる。

「イザベルじゃないの。会えるなんて嬉しいわ。いまはなにをしてるの？」

「働いてます」イザベルは言葉を切って呼吸を整えた。「街の輸入会社にいるんです」

「すてきね。マーガレットは？　田舎暮らしは楽しそう？」

「ええ、姉は田舎が好きみたいです。とても元気にしています」

「よかったわ。ほんとうにかわいいお嬢さんよね。急いでないんでしょう？　お茶を飲んでいらっしゃい」

嘘でしょう。きっとこれは罠だ。警察に電話をして、わたしを牢屋に入れるつもりだ。

イザベルはそこで、なんてくだらないことを考えるのだろう、とわれに返った。もちろん、新聞にアダムス夫人の名前を載せたくらいで牢屋に入れられるわけがない――九歳の子どもならなおさらだ。それでも、アダムス夫人のあとから薄暗い廊下を抜けて明るいキッチンに行くには、精いっぱい勇気を奮い起こさなくてはならなかった。無知な両親。そのせいで何年苦しんだことか！　怯《おび》えて過ごしたあの数年間の日々を思い出す――イザベルは両親に言われたことを真《ま》に受けて、アダムス夫人の家の前にくると、いつも青くなって走りすぎたものだった。たいていは見つからずにすんだが、夫人が気づいて名前を呼ぶようなことがあると、全速力で逃げた。必死に走るあまり、足はゼリーになってしまったように力が入らなくなり、肺は荒い息で痛くなった。

告解室《こっかいしつ》でこっそり打ち明けたこともある。「女の人の名前を勝手に新聞に載せました」「それは罪にならないよ」罪にならない——それなら、絶望するしかない。赦《ゆる》しを受けることもできないのだから。

「掛けてちょうだい。お湯を沸かしてくるわ」アダムス夫人はいった。ガスのにおいやパンくずのにおい、磨き粉に紛れたカビのにおい。生まれ育った家と同じにおいが、イザベルの神経を尖らせた。自分の家を見てもなんの感慨《かんがい》も湧いてこなかったことを思い出す。ずっと、いつか家に帰ることを幸福に思える日がくるといい、と期待してきた。経験からなにひとつ学んでいなかったのだ。

アダムス夫人がテーブルにカップを置き、となりに、紅茶のポットとビスケットの皿を並べた。

「少し待っててちょうだいね。見せたいものがあるのよ」

夫人は部屋を出ていき、すぐにアルバムを持ってもどってきた。アルバムを開いてイザベルの前に置き、猫の写真を指さす。下には新聞の切り抜きが貼ってある。

「もう覚えていないでしょう？　かわいいおじいちゃん猫のスモークよ。イザベル、ミルクは要《い》る？」

「いいえ、ありがとうございます」

イザベルは切り抜きを読んだ。頬がかっと熱くなり、耳の奥で、日の光を浴びて飛ぶハチの羽音のような音がする。

三軒おとなりの　アダムス夫人

夫人のねこの　なまえはけむり《スモーク》
けむりみたいに　静かに丸まる
ジャンプをすると　ほのおみたい《フレーム》

優秀賞　イザベル・キャラハン（九歳）

詩を読んでいると、ありとあらゆる考えが一気に押し寄せてきた。

ここにいるのは言葉に囚われた自分だ――油を塗られた赤ん坊だ。糸で縛られ、耐熱皿に入れられた赤ん坊。口にはリンゴが詰め込まれている。

プレンダギャスト夫人にはなにもかもお見通しだった。夫人が話す奇妙な世界は、真実を言い当てていた。あなた、すぐ行くわ。赤ん坊をオーヴンに入れるだけだから。

アダムス夫人がいった。「あなたが書いたすてきな詩を読んで、ほんとうに嬉しかったのよ。みんなに、スモークだなんて猫につける名前じゃないっていわれてたの。煙にそっくりな歩き方をするからスモークって呼んでたのよ。毛の色から取ったんじゃなくてね。少しだけ煙の色にも似てたけど。この詩を見つけたのはわたしじゃなくて、姪《めい》の小さい娘だったの。いえいえ、もう小さくはないわね。あなたと同い年だもの。その子が記事を切り抜いてわたしに見せてくれたの。姪がいってたわ。『すごいわね。スモークったら、有名になっちゃって！』

かわいい猫だった。十歳で死んでしまったけど、いまでも懐かしくなるの。よく考えるんだけど、スモークのことを思い出すことができるのは、このすてきな詩のおかげなのよ。写真じゃなくてね。ほんとうに嬉しかったから、あなたにあげようと思って手帳を一冊買ったのよ。詩を貼ったり、スモークの写真を貼ったりするのに使ってもらいたくて。でも、名前を呼ぶといつも逃げちゃったでしょう。恥ずかしがり屋さんだったのね。お母さまに頼んで渡してもらおうとしたんだけど、詩を書くのに夢中になると宿題をしなくなるから困ります、って断られてしまって。お母さまの言い分も当然だったわね」当然かどうかはともかく、アダムス夫人はそういいながら軽く眉をひそめた。

両親は物を書く者など家族に欲しくなかっただけだ。観察して記録する者など邪魔なだけだった。いいこと？　今度から詩を書いたらみんなママに見せるのよ。母親が自分のことを〝ママ〟と呼びだすと、いくら反論しても意味がなかった。

イザベルは小声でいった。「アダムスさんを怒らせてしまったんだと思ったんです……勝手に新聞に名前を載せてしまったから……」

「一体どうしてそんなふうに考えたの？」アダムス夫人はすぐにその答えに気づき、つぶやくようにいった。「あなたのお母さまは、いろんな意味で変わった方だったわね」

「その手帳、まだお持ちですか？　わたしに買ってくださったんでしょう？」

「あら、いいえ。まあ、ごめんなさい。もらってくれるとわかってたら！　姪にあげてしまったのよ。レシピを貼るのに使ってるわ」

いつのまにか紅茶を飲みほしていたことに気づくと、イザベルは立ちあがった。「でも、ご親切にありがとうございました。スモークがもういないなんて残念です。きれいな猫でしたから」

「よくいうけれど、永遠になくならないものなんてありませんからね」

アダムスさん、どうかその言葉が真実でありますように。

「お茶をもう一杯いかが？」

イザベルは首を横に振った。一刻も早くこの場を立ち去りたい。さもないと、体がばらばらになってしまう。大きなかたまりに砕けて、ばらばらに散ってしまう。氷山が砕けるように。消え入りそうな声でいった。「いいえ、ごちそうさまでした。そろそろ行かないと」

アダムス夫人は、イザベルをおもての通りまで送ってくれた。アダムス夫人の家の中だろうと、通りだろうと、こみあげてくる涙を流すわけにはいかなかった。地球の中心から湧き出てきたような涙が、噴水のようにあふれそうだ。泣いても許される場所はどこだろう。

卑怯者、卑怯者、卑怯者。残酷でうそつきな卑怯者。イザベルは通りを走った——まばらになりはじめた家々の裏に、岩がちな坂が一本のびていた。傾斜が急なので建物は立っていない。イザベルは坂をおりて下の通りまで行ったが、そこで振り返り、おりてきたばかりの坂をもつれる足でのぼりはじめた。目当ての岩を見つけると、陰にしゃがみこんだ。次の瞬間、イザベルは大声をあげて泣いた。

「大嫌い。最低の卑怯者」父親のことも、大嫌いだ。いままでイザベルは、父親は自分を愛していたのだと言いきかせてきた。早くに死んでしまったから愛情を示すことができなかっただけだと思い込んできた。だが、ちがう。父親も母親と同じだ。イザベルに「名誉棄損《めいよきそん》」の話をしていたときの、あの悦に入った口調――気の毒に、猫を飼っているご婦人に対する名誉棄損じゃないか。イザベル、はやく逃げなさい。アダムスさんがやってくるぞ。ほら、くるぞ！

涙がゆっくりと頬を伝っていく。涙は信じられないほど深いところから湧いてきた。木になった自分の体から、根に貯《たくわ》えていた水が涙になって流れていくようだ。とうとう、涙は洪水のように激しくなり、あらゆる考えを押し流していった。頬を岩肌に押しつける。猫の舌のようにざらついているが、柔らかくはない。泣き疲れていたイザベルには、その感触を楽しむ気力もなかった。しゃくりあげる声はいっそう大きくなっていく。荒れた野原に人の気配はなかったが、イザベルは両手で口をふさいで声を抑えた――気分がいくらか落ちついても、体のほうは変わらず胸を上下させてあえぎ、十年という時間が作った道をさまよいつづけていた。

わたしは書ける。わたしには書ける。

だが、気づくのが遅かった。もう手遅れにきまっている。耐熱皿の中の哀れな少女――助けにきてくれる人はいなかった。

やってみる価値はあるだろうか。真似事だけでも試してみる価値はあるだろうか。

物を書く自分を取り戻すことはできるだろうか。

愛情をこめて物語を作ったこともあった。それがいまはこのざまだ。

だが、あれは別の人たちの物語だった。今度は自分の物語を書けばいい。

しゃくりあげる声は小さくなっていった。体中の力が抜けるような、縛られていた両手が自由になるような感じがした。自分さえ望めば、物を書くことはできる。ペンとノート。それさえあれば、下手な物書きにはなれる。下手な物書きになるか、上手い物書きになるか、どちらになるかは後でわかる。

作家になるのなら、言葉の工場に屈するしかない。とたんに、不安が忍び寄ってくる。言葉の工場は脅威《きょうい》だ。いまなら、なぜ自由を奪われることがあんなに怖かったのかがわかる。

だが、勝つ見込みのない敵と戦うくらいなら、味方につけてしまえばいい。

言葉の工場は恐れるような存在ではないのかもしれない。自分はただ、哀れな赤ん坊のように、耐熱皿の中から必死で逃げようとしてきただけなのだ。

思わず笑い声がもれ、それを最後に涙は止まった。あたりは暗くなりはじめていた。薄いブラウスとスカートを着た体が冷たい。立ちあがり、おぼつかない足取りで岩の転がる坂をおりていく。涙の乾きかけた頰がちくちくする。涙で濡れたハンカチをポケットに押しこむと、濡れた布の冷たさが皮膚にまで届いてくる。夕闇に包まれた通りに立つと、スカートをなでつけ、乱れた髪を指ですいて整えた。寒くて、空腹で、不快で、そして、この上なく幸福だった。

日曜日のこの時間にノートが買えるのはどこだろう。雑貨店が閉まっていたら、大通りまで歩いていかなくてはならない。こんな平凡な悩みがあるというのはすばらしい感覚だった。用事があるから通りを歩くのだ。糸の切れた風船のようにあてどなく歩くのとはわけがちがう。

物思いにふけっていたせいで、通りを照らす柔らかな光の前を通りすぎそうになった。明かりは、小さな店の入り口にかかったビーズのカーテンからもれている。カウンターのむこうの男性は、イザベルをみると怪訝《けげん》な顔をした。無理もないわ——イザベルは、オレンジジュースの宣伝文句が入った古い鏡をのぞいて、そう思った。宣伝のむこうに、もつれた髪の、目を赤く泣きはらしたイザベルが映っている。生まれてからこんなに幸福だったことはない。

店主がノートを持ってきた。財布を出そうと鞄を探った手が、ふと、あの本に触れた。まさにその瞬間、イザベルは、古いお守りを新しいお守りと交換した。

「包まなくて結構です」そういうと、ノートを本のとなりに押しこみ、店を出た。

向かいの庭には、手入れのされていないシュロの木が、消えかけた夕闇を背にして伸び放題の葉を茂らせていた。その光景さえ、イザベルには美しく見えた。

ようやく部屋に帰り着くと、ノートを開き(この瞬間はこの一度きりだ)、最初のページの一番上にタイトルを書いた——『失われた本』

「きいてくれよ。目を覚ましたら隣に女の子がいたんだ——裸で、下着もつけてなかった」

「ラッキーじゃないか」

「そうか？　おまえがそういうならラッキーかもな。前の晩から一緒にいた子だよ。それで、その子がなにしてたと思う？　おれの本棚の前で正座して、プラトーを読んでたんだぞ」

「それでおまえは……」

「男の部屋で裸でプラトーを読むなんて、君はほんとに素敵な女の子だ、とでもいったと思うか？　まさか。そういってもらえないか期待してたみたいだけどな」

「意地の悪いやつだ」

「もっと意地悪くなれたさ。例えば、哲学の話題を振るとか。でもまあ、哲学うんぬんは無視して、服を着るようにそれとなくうながした——まったく、服を着る時間なんていくらでもあったんだぞ。おい、なにをにやにやしてる？」

「おまえの罪悪感がおかしいんだよ。裸でプラトーか」

「なるほど、罪悪感か。確かに、図々しいとは思った」

「ギリシャ人はそんなこと気にしない」

「面白いのはここからだ。おれはシャワーを浴びに行った。もどってきたら、女の子は消えていて——いいか、よくきけ——本も消えていたんだ」

「服もか？　教えろよ！」

「当たり前だろ、服も消えてた」

「ちくしょう。そのひと言でせっかくのイメージが台無しだ」

プラトーは使えない。ありきたりすぎる。どんな本を読んでいたのかは、ふたり目の青年に当てさせたほうがいい。少しも当たらなくて、ひとり目の青年は苛々《いらいら》する。読み手には、青年が裸の女の子を忘れられないということを伝えたい。女の子が読んでいるのは――ツルゲーネフだろうか？

イザベルはペンを置き、親指の爪を噛《か》んだ。この仕草を何度繰り返しただろう。

あの本はもちろんマイケルに返そう。紙に包んで郵便受けに入れておこう。本を手放すことを考えると寂しくなったが、それで生きていけなくなるわけでもない。お守りとして身につけておける言葉はいくらでもある。

「イザベル、週末は楽しかった？」

嘘でしょう？　あれは週末だけの出来事だったの？

遠出をして、過去の自分を殺した両親の亡霊に会い、耐熱皿の中で糸をほどこうともがきながら自分の言葉で語ろうとする赤ん坊に会った――。

一瞬、イザベルは不安になった。言葉の工場の壁が迫ってくる。だが、すぐに気を取り直した。頭に浮かんだ言葉は覚えておいて、あとで考えればいい。レンガの壁まで追いかけてきて、結局なにもしなかった男の子の物語も、あとで考えることにしよう。

「とても楽しかった。ありがとう」

リタは、イザベルの明るい笑顔を見ていった。「イザベルったら、だれかいい人に出会ったんでしょう」

ええ、そのとおり。

イザベルはカバーをはずしながら、密《ひそ》かな親しみをこめた微笑をタイプライターに向けた。

幸せな気分だった。ええ、そのとおり。出会ったの。

訳者あとがき

本書は、*I for Isobel*(2014), Amy Witting(1918-2001), The Text Publishing Company の全訳である。原書の初版は一九八九年にオーストラリアのペンギンブックスから刊行され、二〇一四年にメルボルンにあるインディペンデント系の出版社、テキスト・パブリッシング社から、オーストラリア国内の優れた作品を再版する〈テキスト・クラシックス〉シリーズの一冊として復刊された。作者が執筆を終えたのは一九七九年、初版の刊行までには十年の空白がある。ウィッティングは教師を本業にしていたが、*I for Isobel* を書き終えた時にはすでに、当時のオーストラリア人作家では初めて〈ザ・ニューヨーカー〉に短篇二作品が掲載されるなど、作家としての実力を十分につけていた。ところが、一旦《いったん》は *I for Isobel* の刊行を考えた編集者が、「実の子どもにこれほどつらく当たる母親がいるはずがない」という判断をして、刊行を取りやめてしまう。それから十年後、ようやくペンギンブックスから出版されると、*I for Isobel* はたちまちベストセラーになった。〈ニューヨーク・レヴュー・オブ・ブックス〉および〈ザ・ニューヨーカー〉に書評が掲載され、一九八九年のバーバラ・ラムスデン賞を受賞したほか、オーストラリアで最も権威ある文学賞、マイルズ・フランクリン賞のショートリストに残っている。

執筆を終えた一九七九年、ウィッティングを取り巻く環境が特に保守的だったわけではない。フェミニズムはこの頃まさに勢いを持ちはじめ、オーストラリア文壇は七〇年代半ばから第二次文化復興期に入っていた。マイルズ・フランクリン(Miles Franklin, 1879–1954)、ヘンリー・ハンデル・リチャードスン(Henry Handel Richardson, 1870–1946)、クリスティナ・ステッド(Christina Stead, 1902–83)、ジュディス・ライト(Judith Wright, 1915–2000)など、オーストラリア国内でいまもその作品が読み継がれている女性作家が、すでに数多くいた。前述した編集者の言葉は、機能不全家族《きのうふぜんかぞく》を描いたステッドの傑作長編 *The Man Who Loved Children* (1940) がすでに高い評価を得ていたことを考えると、やや意外にも思える。しかし、だからこそ、娘が、母と娘の心理的な問題を語ること、そして、女性がセックスを語ることが、出版業界の中でさえタブー視されていたことがよくわかる。七〇年代半ばに、ウィッティングが文芸誌〈タブロイド・ストーリー〉に女性の視点からセックスを語った作品を発表した際は、教育大臣を巻きこんで一騒動起きた。だが、ウィッティングには、そうした反応を可笑《おか》しそうに観察していたような節《ふし》がある。本名をジョーン・レヴィック(Joan Levick)という彼女は、うぶな若い女性が世間受けすることをちゃっかり計算した上で、皮肉とユーモアをこめて、〝エイミー〟というか、いかにもそれらしい筆名を用いた。〝ウィッティング〟には、常にウィットを忘れないでいたい、という思いがこめられている。

I for Isobel は、一九五〇年頃のシドニー近郊を舞台にした、主人公イザベル・キャラハンが家族との関係に悩みながら、のちに解放されるまでの物語だ。一章から三章までは八歳から九歳のイザベル

が、四章、五章では十八歳から十九歳のイザベルが描かれる。作者の経験のかなりの部分が仮託《かたく》されているイザベルは、利発で読書好きな、繊細だが明るい少女だ。無口でいつも疲れた顔の父親、姉、そして、神経質で精神的に不安定な母親がいる。母親は、裕福な親戚《しんせき》たちに嫉妬《しっと》し、その悪感情をイザベルたちの前で隠そうともせず、不公平な世の中に対する恨みを年々募《つの》らせている。上の娘とは仲がいいが、イザベルのことは毛嫌いしている。反りの合わない娘のほうが成績もよく、教師からしばしば誉《ほ》められることも怒りを煽《あお》った。イザベルが人より優れた振舞いや思考をしたり、鋭い意見をいったりすれば、そのあとには必ず、母親からの罰が待っていた。こうした母親に育てられたがために、イザベルは、大きくなってからも、人が他者に向ける苛立《いらだ》ちや憎しみに敏感で、そのような感情から身を守れる人間になろうと——時に独創的でユーモラスな方法で——苦心する。

幼い頃から続いた母との確執《かくしつ》は、母親の死によってひとまず決着を見たように思えた。おばの援助を受けながら下宿住まいをはじめ、ボヘミアガラスの輸入会社で働きはじめる。あとになってイザベルは、このときの解放感を「これで自由だと思った。ちがう人間になり、目の前に広がる世界を見に行くのだと思った」と表現する。毎日の暮らしは、それなりにこぢんまりと心地よくまとまりはじめていた。ところが、その生活は、カフェで文学部の大学生たちと出会ったとたん、大きく揺さぶられる。学生たちは驚くほど聡明《そうめい》で、イザベルがきいたこともない作家の本を読み、それについて自由に語り合っていた。イザベルは、なぜ彼らの存在に動揺してしまうのかわからず、思い悩む。だが、確かにその学生たちは、「こぢんまりとした部屋のような人生を送りたいというイザベルの理想を砕き、真っ暗な穴に突き落とし」たのだ。

しかし、「学生たちがどんなに快く迎えてくれても、イザベルは、どうしても完全な資格を手にできない。ほんとうの意味では、彼らの一員にはなれ」なかった。そしてまた、母親の葬式で、「大輪の赤い花のような喜びが、青白い菊の中でめいっぱい花びらを広げるのがありありと見え」たにもかかわらず、下宿の女主人を前にすると、「お気に入りの子どもになるという戦い」にふたたび挑んでしまう。やがてイザベルは、子ども時代の自分に立ち返るようにして、生まれた町へ戻っていく。すると、かつて幼いイザベルを怯《おび》えさせたある記憶と共に、学生たちと会った時に感じた激しい動揺の理由が、はっきりと立ち現れてくる。

優れた読み物の例にもれず、*I for Isobel* もまた、フェミニズム、女性と性、機能不全家族、これらの杓子定規《しゃくしじょうぎ》な言葉をちりばめればちりばめるほど、その魅力からは遠ざかっていく。ここで描かれているのは、「機能不全家族の中で苦しんだ子ども」ではなく、あくまでも、イザベル・キャラハンというひとりの少女なのだ。それでも、八〇年代前夜にはまだ、イザベルの母親――知らぬ顔を続けたという点では父親も――のような、いわゆるtoxic parent(毒親)が、建前では存在しないとされていたことには、いま振り返るからこそ大きな意味がある。母親は、ふたりいる娘のうちイザベルにだけ理不尽な憎しみを向け、決して誕生日プレゼントを与えず、能力を否定し、言葉の暴力を――「どこに行っても、わたしたちに恥をかかせる。ほんものの役立たずよ。」――浴びせた。八歳ですでに、イザベルは「まわりに巡らせた壁」に守られる自分を夢みている。その壁のむこうでなら、両親や、思いも寄らない世界からの殴打に傷つけられることも、みじめな思いをさせられることもない。一章の冒頭で母親がいう「今度のお誕生日は、プレゼントはありませんよ！」は、ウィッティングが実の両親から毎年いわれていた台詞《せりふ》だ。しかし、そのような親が実在するということが周知されるには、*I for Isobel* と同年に刊行されたスーザン・フォワード(Susan Forward, 1938-)の『毒になる親』(*Toxic Parents*, New York:Bantam)を待たなくてはならなかった。まったくタイプの異なる二冊だが、タブー視されていた苦しみに光を当て、三十年近くたったいまでも読み継がれている点ではよく似ている。

エイミー・ウィッティングはシドニー大学を卒業したあと、教職に就《つ》いた。同僚の教師と結婚し、息子をひとり産んだあとも、六十歳の定年まで教師を続ける。デビュー作 *Goodbye, Ady, Goodbye, Joe* は、一九六五年四月号の〈ザ・ニューヨーカー〉に掲載され、国内でも高い評価を得たが、創作に専念したのは退職したあとだ。冒頭でも述べたとおり、当時のオーストラリアにはまだ、彼女の作品を受け入れる土壌《どじょう》ができていなかった。だが、ウィッティングの評価は、ゆっくりと、しかし着実に高まっていく。九三年にはパトリック・ホワイト賞を受賞した。これは、ノーベル賞作家であるパトリック・ホワイト(Patrick White, 1912-90)が七四年に創設した文学賞で、優れた作品を発表していながら正当な評価を得ていない作家に贈られるものだ。また、イザベルのその後を描いた続篇 *Isobel on the Way to the Corner Shop*(1999)は、二〇〇〇年にメルボルンの新聞〈ザ・エイジ〉紙の文学賞を受賞した。こうして、母国での評価が定まろうとしていた二〇〇一年、エイミー・ウィッティングは亡くなった。これまでに、長篇は本作を含む六冊、短篇集は二冊、詩集は三冊発表されている。また、

Isobel on the Way to the Corner Shop は、本作と同様、テキスト・パブリッシング社から二〇一五年二月に再版された。

最後になりましたが、原書を読みこみ、訳文の隅々にわたって鋭く温かいご指摘をくださった編集の須藤建さんに、心より感謝を申し上げます。

二〇一六年十月

井上　里

訳者　井上 里

宮崎県生まれ。翻訳家。ノンフィクションから古典、児童書まで幅広い分野の作品を手がける。訳書に『サリンジャーと過ごした日々』(柏書房)、〈サバイバーズ〉シリーズ(小峰書店)など。

わたしはイザベル　　エイミー・ウィッティング作

2016年11月16日　第1刷発行

訳　者　井《いの》上《うえ》 里《さと》

発行者　岡本 厚

発行所　株式会社 岩波書店
〒101-8002 東京都千代田区一ツ橋2-5-5
電話案内 03-5210-4000
http://www.iwanami.co.jp/

印刷製本・法令印刷

ISBN 978-4-00-116413-8　　Printed in Japan
NDC 933　246 p.　19 cm

10代からの海外文学

STAMP BOOKS

【四六判・並製　250〜400頁　本体1700〜1900円】

『ペーパーボーイ』
ヴィンス・ヴォーター作／原田勝訳　アメリカ

『飛び込み台の女王』
マルティナ・ヴィルトナー作／森川弘子訳　ドイツ

『わたしはイザベル』
エイミー・ウィッティング作／井上里訳　オーストラリア

〈以下、続刊〉

『アラスカを追いかけて』
ジョン・グリーン作／金原瑞人訳　アメリカ

『ウィル・グレイソン、ウィル・グレイソン』
ジョン・グリーン，デイヴィッド・レヴィサン作
金原瑞人，井上里訳　アメリカ

好評既刊

『アリブランディを探して』
マーケッタ作／神戸万知訳

『ペーパータウン』
ジョン・グリーン作／金原瑞人訳

『マルセロ・イン・ザ・リアルワールド』
ストーク作／千葉茂樹訳

『わたしは倒れて血を流す』
ヤーゲルフェルト作／ヘレンハルメ美穂訳

『さよならを待つふたりのために』
ジョン・グリーン作／金原瑞人，竹内茜訳

『バイバイ、サマータイム』
エドワード・ホーガン作／安達まみ訳

『路上のストライカー』
ウィリアムズ作／さくまゆみこ訳

『二つ、三ついいわすれたこと』
ジョイス・キャロル・オーツ作／神戸万知訳

『15の夏を抱きしめて』
ヤン・デ・レーウ作／西村由美訳

『コミック密売人』
バッカラリオ作／杉本あり訳

岩波書店

定価は表示価格に消費税が加算されます
2016年11月現在